앎 and 삶

앎엔삶

앎 and 삶
앎엔삶

초판 1쇄   2017년 02월 08일

지은이   최우창
발행인   김재홍
편집장   김옥경
디자인   이유정, 이슬가
마케팅   이연실

발행처   도서출판 지식공감
등록번호   제396-2012-000018호
주소   경기도 고양시 일산동구 견달산로225번길 112
전화   02-3141-2700
팩스   02-322-3089
홈페이지   www.bookdaum.com

가격   12,000원
ISBN   979-11-5622-265-1   03810

CIP제어번호   CIP2017002729
    이 도서의 국립중앙도서관 출판도서목록(CIP)은 서지정보유통지원시스템 홈페이지
    (http://seoji.nl.go.kr)와 국가자료공동목록시스템(http://www.nl.go.kr/kolisnet)에서
    이용하실 수 있습니다.

| 최우창 지음 |

앎 and 삶

앎 엔 삶

지식공감

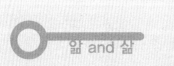
앎 and 삶

앎이 삶이 될 때, '아멘' 하는 삶이 됩니다.
앎엔삶(아멘삶)이 됩니다.
그 핵심은, 제대로 배워서 제대로 알고,
제대로 실행하는 것입니다.

인생

여름이 짙푸를수록
가을은 붉디붉다.

결정장애 햄릿보다
행동대장 돈키호테가 돼라!

성경은 사랑입니다. 하나님은 사랑이십니다. 성경은 나를 사랑하고 하나님을 사랑하고 예수님을 사랑하고 가족을 사랑하고 이웃(세상)을 사랑하라고 쉼 없이 말씀하십니다. 성경적인 사랑, 그 출발점은 나를 제대로 알고 이웃과 직업의 세계를 제대로 알고 하나님과 예수님을 제대로 아는 것입니다. 그리고 미래를 아는 것입니다. 그냥 대충 아는 것이 아니라 제대로 아는 것입니다. "알면 사랑한다."는 말처럼, 알게 되니 사랑할 수도 있습니다. 그러나 거꾸로 우리는 '사랑하기 위해서 알아야' 합니다. 사랑은 목적이고, 아는 것은 목표라고 할 수 있습니다. 사랑이 본질이고 아는 것은 방편(수단과 방법. 도구)이라고 할 수 있습니다.

사랑의 종착역은 행복입니다. 프랑스 소설가 스탕달은 "사랑에는 한 가지 법칙밖에 없다. 그것은 사랑하는 사람을 행복하게 만드는 것이다."라고 했습니다. 내가 행복하려면 나를 알고 나를 사랑해야 합니다.

내 삶의 방편인 내 일(직업. 일거리)에서 보람과 행복을 느끼려면 나의 재능과 직업 간의 궁합(어울리는 상태)이 잘 맞아야 합니다. 그러려면 나와 직업을 제대로 알고 사랑해야 합니다. 사랑해야 행복할 수 있습니다. 나를 사랑하면 꿈과 행복은 저절로 따라오기 마련입니다. 나를 사랑하면 꿈과 행복은 햇빛에 능동적으로 반응하는 식물처럼 저절로 끌려가기 마련입니다.

나는 나입니다. 불확실한 인생길을 더듬더듬 자기의 결을 좇아 자기의 결을 따라 까칠한 삶을 대패질하며 사랑하고 사랑받으며 갔으면 합니다. 또한, 뭐든 시도하지 않으면 아무것도 일어나지 않습니다. "결정장애 햄릿보다, 행동대장 돈키호테가 돼라!"고 말하고 싶습니다. '불광불급(不狂不及)'은 "미치지(전념) 않으면 미치지(도달) 못한다."는 뜻으로, 무언가를 이루려면 미쳤다는 소리를 들을 정도로 그 일에 전념하고 몰두해야 합니다. 목적을 이루고 목표에 도달하려면 최선을 다해 행동해야 합니다.

  불확실한 21세기에서 확실한 삶을 사는 하나의 방법은, 타고난 자신의 재능을 도구 삼아 하나님을 의뢰(믿고 의지함)하며 사는 것입니다. 나(가지)를 예수님(나무)께 접붙이고(접목. 椄木) 사는 것입니다. 배워서 알고 사랑을 실천하며 행복하게 사는 것입니다. 그 그루터기(밑동. 밑바탕)를 이 책을 읽음을 통해서 다지는 계기가 되었으면 합니다. 또한, 이 책을 통해서 뒤죽박죽인 삶 속에서 꼬이고 엉켜버린 얼레의 실마리를 명쾌하게 찾았으면 합니다. 그래서 여러분이 원하는 삶의 연(鳶)을 순풍에 띄워 높이높이 올리기를 바랍니다.

  컴퓨터나 전자 기기가 먹통이 되었을 때, 시스템을 초기의 상태로 되돌리는 것을 '리셋(reset)'이라고 합니다. 이 책은 복잡하여 갈피를 잡기 어려운 여러분의 인생을 '리셋(초기화)'하는 계기가 될 것입니다. 새로운 출발의 계기가 될 것입니다. "사람이 마음으로 자기의 길을 계획

할지라도 그의 걸음을 인도하시는 이는 야훼시니라(잠언 16:9)."고 했습니다. 하나님의 인도하심을 따라가다 보면, 자신이 계획한 인생길을 자박자박 즐겁게 걸어가는 여러분과 제가 될 것입니다.

『논어』에 '애지욕기생(愛之欲基生)'이라는 말이 있습니다. "누군가를 사랑한다는 것은, 그 사람이 살아가도록 하는 것이다."라는 뜻입니다. 누군가를 사랑한다는 것은 그 사람이 살게끔 하는 것입니다. 이 책을 통하여 살아가는 데 보탬이 되었으면 합니다. 오직 그런 마음으로 이 글을 완성할 수 있었습니다.

또한, 하나님께서 주신 은혜와 지혜로 이 글을 쓸 수 있었습니다. 늘 기도로써 응원해 주시는 점촌중앙교회 최대영 목사님과 성도님들께 깊이 감사드립니다. 같은 교육의 길을 걸으며, 지칠 때마다 앞에서 끌고 뒤에서 밀어주시는 이정호·김사현·권영하 선생님께 깊이 감사드립니다. 그리고 깊이 존경하고 사랑하는 부모님과 장모님, 내 일생의 짝

꿈 아내 애란과 사랑하는 딸 혜민이, 아들 태훈이에게 미안하고 고맙다는 말을 하고 싶습니다. 마지막으로, 출판을 허락해 주신 지식공감 김재홍 대표님께 감사의 인사를 드립니다.

2017. 2.

문희경서의 고장, 문경*에서 최우창 씀.

....

* 문경의 지명은 "기쁘고 경사스런 소식을 듣는다."는 '문희경서(聞喜慶瑞)'라는 말에서 유래되었다고 한다.

프롤로그

09 • 결정장애 햄릿보다 행동대장 돈키호테가 돼라!

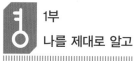

1부
나를 제대로 알고

19 • 나는 누구인가?

29 • 나를 '어떻게' 찾을 것인가?

    30 기도는 믿음입니다

    32 성향과 성격, 나는 어떤 기질을 갖고 있는가?

    36 흥미, 나는 무엇을 좋아하는가?

    42 적성, 나는 무엇을 잘하는가?

    50 가치관, 나는 무엇을 소중히 여기는가?

    55 재능, 하나님께서 선물로 주신 것

    62 강점지능, 다윗은 돌팔매질의 명수

    72 인성, 인간 됨됨이

    78 목적과 목표는, 명중과 과녁의 차이

    82 실존지능, 당신이 있기에 내가 있다

2부
세상을 제대로 알고

91 • 배움, 죽기 직전까지 해야 하는 것

95 • 공부란?

97 • 왜 공부를 해야 하는가?

101 • 리터러시로 정보의 생산자가 되자

115 • 어떻게 공부해야 하는가?

121 • 지혜, 지식보다 소중한 것

127 • 내가 역사입니다

135 • 시를 읊다

139 • 수필 읽기와 쓰기

145 • 성적과 학력의 차이

153 • 사전을 찾자

157 • 역할모델

165 • 스토리텔링

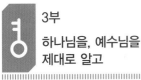

3부
하나님을, 예수님을
제대로 알고

173 • 포도나무와 가지
181 • 착하고 충성된 종아

4부
미래와 직업 세계를
제대로 알고

193 • 내가 미래입니다
201 • 일이 나를 만듭니다
209 • 직업은 꿈의 실현도구입니다

5부
그런 앎을, 삶에 실행하면
행복할 수 있다

217 • 실행은 해봤어?
225 • 열정은 엔진입니다
231 • 용기가 있는 곳에 희망이 있다

에필로그
237 • 앎이 삶으로 이어지는 유일한 통로를 찾자

꽃이 피기까지

훌렁훌렁 두더지처럼 땅을 갈아엎고
다문다문 씨를 뿌리고
함씬함씬 물을 주고
팍팍 깻묵도 찔러 넣고
은근슬쩍 추파(秋波)도 던지고
자분자분 이야기도 건네고
흠뻑흠뻑 새벽이슬에 젖기도 하고
따끈따끈 모닥불 쬐듯 햇볕을 쬐고
흥얼흥얼 노래도 불러주고
간질간질 나비의 장난질도 받아주고
까딱까딱 찌에 밤새 홀린
낚시꾼의 충혈 된 눈처럼
기다리다 기다리다가 보면
꽃은 꿈결에 슬그머니 꽃대를 올리고
해사한 얼굴로 아침을 반긴다.

1부

나를 제대로 알고

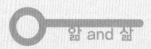
앎 and 삶

나는 누구인가?

　어디론가 여행을 가려면 지금 여기 이곳을 떠나야 합니다. 마찬가지로 내 삶과 관련된 모든 것의 출발은 나 자신입니다. 따라서 나를 아는 것은 그 무엇보다 중요합니다. 나는 '나'입니다. 나는 '너'일 수 없습니다. 남과 어울리지 말라는 말이 아닙니다. 남을 무시하고 배척하라는 말은 더더욱 아닙니다. 냉철히 생각해 볼 때, 어차피 '나와 너'는 구별된 존재입니다. 의미는 다르지만, 우리나라 속담에 "나 아니면 남이다."라고 했습니다. 석가모니는 "세상에서 가장 존귀한 이는 바로 나 자신이다."라고 했습니다.

　'너'와 다른 '나'를 아는 것이 가장 우선입니다. 그것도 그냥 대충 아는 것이 아니라 제대로(그대로) 알아야 합니다. 제대로 아는 것은 매우 중요합니다. 왜냐하면, 그것은 내가 가야 할 삶의 목적과 방향이나 목표와 잇닿아 있기 때문입니다. 그래야 나를 진실로 사랑할 수 있기 때문입니다.

　영국의 정치가이자 군인이었던 크롬웰은 "자기가 어디로 가고 있는지 모르는 사람은 높은 곳에 결코 도달하지 못한다."라고 했습니다.

나를 알고 내가 어떤 방향으로 가야 하는지 알 때, 내가 소망하는 삶을 일구어 갈 수 있는 것입니다. 자기(나)를 알아 가는 과정이 '자기 계발'인 것입니다.

안타깝게도 우리의 인생길에서 '나는 나를' 쉽게 보여주지 않습니다. 언제나 "날 찾아봐라~" 하고 꼭꼭 숨어서 숨바꼭질하고 있습니다. 따라서 우리는 꼭꼭 숨은 '나'를 찾으려고 애를 써야 합니다. 보이지 않는 나를 보기 위해서 일평생 애면글면(몹시 힘에 겨운 일을 이루려고 갖은 애를 쓰는 모양)해야 합니다. 아일랜드의 시인 와일드는 "이 세상에서 철저하게 알고 싶은 유일한 대상은 나 자신이다."라고 했습니다.

물론 쉬운 일은 아닙니다. 누구나 조금씩은, 설혹 철학자가 아니더라도 나는 어디서 왔으며 어디로 가는가에 대한 궁금증을 갖고 삽니다. '나는 누구인가? 나는 어떤 존재인가?'에 대한 호기심과 궁금증, 물음(?)을 갖고 내가 나를 간절히 찾을 때, 어느 순간 슬며시 나는 나에게 나를 거울처럼 선명히 보여줍니다. 그 모습을 본래 그대로 보여줍니다.

뭐든 이루고자 하는 바가 있으면 절실해야 합니다. 절실하다는 말은 "느낌이나 생각이 뼈저리게 강렬한 상태에 있다."는 뜻입니다. 뼈저리다는 말은 뼈가 아프다는 뜻입니다. 뼈를 다쳐서 아파 본 사람은 알 것입니다. 뼈가 아픈 것이 얼마나 통증이 심한지요.

뭐든 소중한 것은 간절하고 절실하고 절절하고 뼈가 아플 정도로 바라고 노력할 때야 겨우 얻을 수 있습니다. 이 세상에 거저 되는 것은 없습니다. 단박에, 단숨에, 별안간에 되는 일은 없습니다. 어떤 별은 간절한 사람에게만, 뜬눈으로 밤을 지새우는 사람에게만, 그것도 잠시 자신의 모습을 살짝 보여줍니다. 절실하면 남들이 보지 못한 별을 볼 수 있습니다. 소중한 별은 애타게 보고자 하는 사람에게만 자신의 모습을 반짝반짝 보여줍니다.

"내 일(직업. 일거리)을 찾으면 내일(미래)이 열린다."는 이 책에서 필자가 일관되게 하고 싶은 말입니다. 내가 해야 할 일을 찾기 위해서는 우선적으로 '나'를 알아야 합니다. 나를 사랑하고 내가 하는 일을 사랑하면, 즉 내가 사랑하며 할 수 있는 일이 있으면, 삶은 즐겁기 마련입니다. 그 출발점에 내가 누구인지 아는 것이 있습니다. 동서고금을 막론하고 성공하고 행복한 삶을 사는 사람들이 일관되게 하는 말이, 소크라테스의 말처럼 "너 자신을 알라."입니다. 물론 소크라테스가 다른 의미로 그 말을 했을 수도 있겠지만 중요한 것은 '나 자신을 아는 것'입니다. 출발점이 분명해야 결승점도 분명합니다. 결승점이 행복이든, 성공이든, 자아실현이든, 돈을 많이 버는 것이든, 베푸는 삶을 사는 것이든, 은혜로운 삶을 사는 것이든, 그 출발점은 '나 자신을 제대로 아는 것'입니다.

세상엔 많은 사람들이 비교급 인생을 살고 있습니다. 때론 나와 너(타인)를 비교함으로써 본받아 배우고 또한 그러한 비교가 때때로 삶에 자극과 동기유발이 되기도 합니다. 그러나 지나친 비교의식은 자신에 대한 열등감과 패배감을 증폭시키고 존재감을 떨어뜨릴 가능성이 높습니다. 천지가 개벽해도 되지 않는 일이 있습니다. 바뀔 수 없는 일이 있습니다. 그것은 '내가 네가' 될 순 없는 것입니다. 내가 네가 되어 살순 없습니다.

이 세상에 어느 것 하나도 나와 관계없는 것은 없습니다. 내가 사는 세상의 모든 일은 내가 원하든 원하지 않든 나와 연관되어 있습니다. 이 점을 분명히 알아야 합니다. 지구 온난화든지 시민들이 촛불시위를 하든지 은행의 금리가 오르든지 눈비가 적게 오든 많게 내리든지 바다

의 적조든지 강의 녹조든지 우리나라 대통령이든지 미국의 대통령이
든지 나와 무관한 것 같지만, 먼 친척처럼 때론 가족처럼 나와 멀고도
가깝게 관련이 있기 마련입니다. 따라서 나를 아는 것은 나와 연관된
세상으로 나아가는 데 필요한 관문(드나들기 위하여 반드시 거쳐야 하는 길
목)이라고 할 수 있습니다.

노르웨이 극작가 입센은 "사람의 첫 번째 의무는 자기 자신이 되는
것이다."라고 했습니다. 인생의 긴 여정에서 우리는 최선을 다해 '나답
게' '나스럽게' '나되게' 살도록 힘써야 합니다. 그것이 나 스스로에 대
한 최소한의 예의입니다. 사전적으로 나답다는 말은 '나 같다'는 뜻입
니다. 나답다는 말은 나 같은 성질이 있음을 뜻합니다. 결국, 나는 나
다울 때 진정한 내가 되는 것입니다. 선명한 내가 되는 것입니다. 나는
나다울 때 나만의 영롱한 별이 되는 것입니다.

지식생태학자 유영만 교수는 『생각사전』에서 "나다움을 찾으면 남다
르게 살 수 있다."고 했습니다. 필자가 이 책에서 부탁하고 싶은 또 하
나의 말은 "제발 비교급 인생을 살지 말고, 나의 원급을 높여 최상급
인생을 살자."는 것입니다. 원급은 근원이 되는 등급, 기준이 되는 등
급을 말합니다. 내 성취의 기준은 '너'가 아니라 '나'입니다. 내가 출발
점입니다. 내가 서 있는 지금 여기가 현재의 내가, 내 인생의 출발점인
것입니다.

그러면 나의 원급은 무엇일까요? 그것은 내가 하늘(天)로부터 부여
(賦與, 지니도록 해줌)받은 재능이라고 생각합니다. 천부(天賦)의 재능(才
能)이 나의 원급입니다. 천재(天才)는 머리가 좋은 사람보다 이러한 '천
부의 재능'을 제대로 알고 제대로 계발하여 제대로 발휘하고 사는 사
람입니다. 따라서 누구든 천부의 재능을 알고 자신의 원급을 최대한

발휘하고 사는 사람은 천재가 될 수 있는 것입니다.

악기는 저마다 고유의 특징과 음색을 갖고 있습니다. 첼로 연주자는 첼로의 특성을 잘 파악해야 아름다운 선율(멜로디)을 만들어 낼 수 있습니다. 첼로의 특성과 음색을 알고 그것을 끄집어낼 수 있는 사람이, 훌륭한 첼리스트가 될 것입니다. 마찬가지로 '나'라는 악기의 특성을 제대로 알고 끄집어내어 평생을 '즐겁게' 연주할 수 있는 사람은, 내가 바라는 꿈을 성취하며 행복하게 살 수 있습니다. 내가 나를 연주할 때마다 나에게서 아름다운 선율이 나오게 됩니다.

장래에 내가 잘하는, 내가 좋아하는 나만의 일(직업)을 제대로 하면서 살고 싶은가요? 그러려면 먼저 '나'부터 찾아보기 바랍니다. 먼저 자신을 알아야만 자신의 진로(나아갈 길)가 보이는 것입니다. 가장 나답게 살게 되면 가장 남달리 살 수 있습니다. 나다움이 남다름을 만듭니다. 가장 나답게 되면 어쩔 수 없이 나 자신을 사랑하기 마련입니다.

적당한 '자기애(자기의 가치를 높이려는 마음에서 생기는 자기에 대한 사랑)'가 나를 영광스럽게 합니다. "타인에 대한 사랑은 자기애를 토양으로 하여 생겨난다."는 말처럼 내가 나를 사랑할 때 남도 사랑할 수 있는 것입니다. 나를 사랑하기 위해서는 나를 제대로 알아야 합니다. 나를 사랑하는 사람은 나를 소중히 여깁니다. 마찬가지로 남을 사랑하는 사람은 남을 소중히 여깁니다. 불행과 실패라는 태풍의 눈에는, 자기 비하(업신여겨 낮춤)와 남에 대한 무시(깔봄)와 모멸(업신여기고 얕잡아 봄)이 가시처럼 박혀 있습니다. 내가 나를 존중하면 나도 나를 존중합니다. 내가 남을 존중하면 남도 나를 존중합니다. 존중은 있는 그대로를 인정하는 것입니다.

그리스의 탈레스나 독일의 헤겔 등이 주장하였다는 물활론(物活論)

이라는 것이 있습니다. 모든 물질은 생명이나 혼, 마음을 가지고 있다고 믿는 자연관입니다. 생물이든 무생물이든 소중하게 여길 때 그 대상도 그렇게 여긴다는 의식을 가진 사람들이 많습니다. 그래서 군인은 자신의 총을 애지중지하고 때로는 잘 때 총을 끌어안고 자기도 합니다. 총을 소중하게 여길 때 마음(영혼)이 없는 총도 보답한다고 생각하기 때문일 것입니다. 농부는 삽을 소중하게 여기고 해녀는 잠수복을 소중하게 여기며 스카이다이버는 낙하산을 소중하게 여깁니다. 그것은 생명이나 삶과 직결된 것도 있지만, 그 밑바탕에는 내가 상대를 소중하게 여길 때, 상대(대상)도 나를 소중하게 여긴다는 것은 삶의 황금률(예수가 산상수훈 중에 보이신 기독교의 기본적 윤리관으로서, 남에게 대접을 받고자 하는 대로 남을 대접하라는 가르침)입니다.

사랑이란 어떤 사물이나 대상을 몹시 아끼고 귀중히 여기는 마음입니다. 사랑은 나와 남을 돕고 이해하려는 마음입니다. 나를 사랑하지 않고선, 나와 남을 잘되도록 돕기 어렵습니다. 바다로 가는 것을 절대 포기하지 않는 강물처럼, 나 자신을 알고 사랑하며 나를 계발하는 일에 소홀함과 포기가 없어야 하겠습니다. 뭐든 철저하게 하고 포기하지 않으면 좋은 끝을 볼 수 있습니다. 단 한 번밖에 없는 나의 인생을 데면데면(꼼꼼하지 않아 행동이 신중하거나 조심스럽지 않은 모양)해서야 되겠습니까? 그것은 나의 나에 대한 예의가 아닙니다. 나만의 지문을 찾는 데 데면데면하고, 건성건성(정성을 들이지 않고 대강대강 일하는 모양) 사는 것은 내가 내 인생에 결례를 범하는 것입니다.

또한, 내가 이 땅에 태어난 이유가 있을 것입니다. 그 이유를 찾아야 합니다. 하나님께서 나를 이 땅에 태어나게 하신 이유와 목적이 분명히 있을 것입니다. 우리의 인생은 미로 찾기 게임과 마찬가지입니다.

미로 찾기 게임에서 나아갈 수 있는 길은 무수합니다. 길이 많으니 당연히 복잡합니다. 복잡한 길을 잘못 들면 헤매기 십상입니다. 그것이 미로 찾기 게임의 특징입니다. 그러나 차분히 생각해 보면, 미로 찾기 게임은 들어가는 곳이 있고 반드시 나오는 곳도 있습니다. "모든 출구는 어딘가로 들어가는 입구다."라는 말처럼 아무리 복잡한 미로라도 입구와 출구는 반드시 있습니다. 잘 들어가야 잘 나오는 것이 미로 찾기 게임입니다.

인생의 출발점에서 행복이라는 도달점에 이르는 복잡한 미로에서 덜 헤매고 출구를 쉽게 찾는 방법은 명료합니다. 그것은 나의 재능, 나의 흥미, 나의 성격, 나의 적성, 나의 가치관, 나의 관심, 나의 목적과 목표, 나의 강점과 약점 등 나를 상징하는 아이콘을 제대로 아는 것입니다. 즉, 나만의 DNA(유전자 본체. 정체성)를 정확히 아는 것입니다. 나의 정체(본모습)를 정확히 하는 것입니다. 누구든 살면서 나의 정체를 스스로 보름달처럼 훤히 밝혀 가는 것이 배움이고 인생입니다.

세상에 존재하는 수많은 일은 '속도와 정확성'으로 정리할 수 있습니다. 예를 들어, 여러분들이 힘들어하는 시험의 핵심은 '시간과 정확성'입니다. 잘 아는 문제라도 주어진 '시간 안에' 풀어야 합니다. 또한, 아무리 빨리 풀어도 정답을 '정확하게' 찾아서 쓰거나 답안지에 표시해야 합니다. 그렇지 않으면 좋은 점수를 받기 어렵습니다. 결국, 시험은 시간과의 싸움입니다. 정확성과의 싸움입니다. 스마트폰처럼, 미사일처럼, 총알처럼 '빠르고 정확하게'가 모든 것을 결정합니다. 하나 더 덧붙이면, '멀리, 오래갈' 수 있어야 합니다. 나만의 DNA를 제대로 정확히 아는 것은 성취와 행복의 큰 비결입니다. 빨리 알수록 이득입니다. 그래야 그 '성취와 행복'은 오래도록 유지될 수 있는 것입니다.

흔히들 말합니다. 모든 것은 때가 있다고요. 100% 맞는 말은 아닐 수 있지만, 매우 중요한 이야기입니다. 어부들은 물때(하루에 두 번씩 밀물과 썰물이 들어오고 나가고 하는 때. '물거리'라고도 함)에 맞추어 고기를 잡습니다. 청소년 시기에는 암기력이 뛰어납니다. 시대정신(한 시대의 사회에 널리 퍼져 그 시대를 지배하거나 특징짓는 정신)이 '융합과 통섭'인 오늘날, 암기의 중요성은 이전보다 옅어졌지만, 그래도 외워서 해결해야 할 것들은 많습니다. 청소년 시기는 일평생 가운데 암기가 특별히 잘되는 때입니다. 따라서 인생살이에서 외워서 해결해야 할 것들이 있다면, 이때 외워두는 것이 좋습니다. 뭐든 적기(알맞은 시기. 적합한 시기)가 있습니다. 나이가 들면 기억력은 감퇴합니다. 나이가 들어서 뭔가를 암기하는 것은 고통입니다. 나만의 DNA를 아는 것, 나의 정체를 밝히는 것, 서두를수록 좋습니다.

꽃

내가 꽃 보고
씽긋 웃으니
꽃이 날 보고
쌩긋 웃네

나

이 세상 어디를 둘러봐도 보고 또 봐도
넷도 셋도 둘도 아닌 단 하나뿐인, 나
그래서 보석보다 금쪽보다 더 귀해요
세상의 그 귀한 것과도 바꿀 수 없어
날마다 날마다 꽃처럼 바라만 보다가
날마다 내 모습 거울에 비춰만 보다가
나는 한 송이 꽃이 됩니다.

이 세상 어디를 둘러봐도 보고 또 봐도
넷도 셋도 둘도 아닌 단 하나뿐인, 나
그래서 공주보다 왕자보다 더 귀해요
세상의 그 어떤 것과도 바꿀 수 없어
날마다 날마다 꽃처럼 바라만 보다가
날마다 내 모습 거울에 비춰만 보다가
나는 나만의 내가 됩니다.

나를
'어떻게' 찾을 것인가?

우리가 살면서 늘 집중해야 두 가지가 있습니다. 그것은 '왜'와 '어떻게'입니다. 이 일을, 이 공부를 '왜(why)' 해야 하는지를 아는 것입니다. 그것을 해야만 하는 이유를 알아야 합니다. 왜냐하면, 그 이유가 삶의 목표와 목적이 되기 때문입니다.

또한, 한다면 '어떻게(how)' 해야 하는가를 아는 것입니다. '어떻게'는 방법입니다. '어떻게'를 아는(know) 것이, 노하우(knowhow. 비법)입니다. 비법이란 비밀스러운 방법입니다. 문제를 해결하는 나만의 비밀스러운 방법을 터득한 사람과 그렇지 않은 사람의 삶의 질이 큰 차이가 납니다. 나를 아는 방법은 여러 가지가 있을 것입니다.

공부와 삶이 자욱한 안갯속에 갇혀 방향과 출구가 보이지 않아 답답하고 힘들 때, 좀 더 수월하게 출구를 찾는 방법이 있습니다. 그것은 '왜(why. 목적)'와 '어떻게(how. 방법)' 사이를 왔다 갔다 하는 것입니다. '왜'와 '어떻게' 사이를 열심히 왕복운동을 하는 것입니다. 이 일을 왜 하지? 이 공부를 왜 하지? 이 문제를 어떻게 해결하지? 철옹성 같은 이 성벽을 어떻게 무너뜨리지? 이 장애물을 어떻게 넘지? 목적이 선명치 않을 때는 분명한 방법과 수단을 찾고, 방법이 선명치 않을 때는 분명한 목적과 이유를 찾는 것입니다. '하우(how)와 와이(why)'를 '하와이(Hawaii)'처럼 여행하다 보면, 짙게 드리워졌던 동해의 해무(바다 안개)가 아침 햇살에 스르르 풀리듯 문제가 저절로 풀릴 것입니다.

기도는 믿음입니다

그리스도인(기독인)의 입장에서 보면, 인간을 창조한 분은 하나님이십니다. 따라서 나를 만드신 분이 하나님이시고, 하나님은 나를 만드실 때 나름의 이유와 목적을 갖고 계십니다. 만드신 분께 내가 어떤 존재이고, 어떤 이유와 목적을 갖고, 어떻게 살아야 하는지 간절한 기도로써 여쭈어야 합니다. 분명한 믿음을 갖고 여쭈어야 합니다. 이 기도는 그리스도인이라면 사는 동안에 놓치지 않고 해야 하는 것입니다. 그럴 때 하나님께서는 나에게, 나는 어떤 모습을 가졌고 어떤 옷이 몸에 잘 어울리고 어떤 색깔로 살아야 하는지 선명히 보여주실 것입니다. 그 인도하심을 따라가면 우리는 영롱한 무지개를 만나게 될 것입니다. 하나님의 은혜와 영광을 누리게 될 것입니다.

신앙(信仰)은 믿고[信] 받드는[仰] 일입니다. 기독교 신앙을 가진 사람은 '기독(基督. 예수그리스도)'을 구세주(救世主)로 믿고 받드는 사람입니다. '기독(基督)'은 '그리스도'를 가차자(假借字)로 쓴 것입니다. 가차자는 뜻글자인 한자가 소리 나는 대로 적기 어려울 때, 억지로 비슷한 음(소리)을 빌려와서 쓰는 한자 표기 방식 가운데 하나입니다. 가차는 "이놈을 가차 없이 처단하라!" 할 때의 그 가차입니다. 믿고 기도함을 통해 자신의 정체(본모습)를 거울처럼 보여 달라고 예수님께 간구(간절히 바라고 구함)해야 합니다. 성경은 "믿음은 바라는 것의 실상이요 보이지 않는 것의 증거다."라고 말씀하십니다.

믿음은 산도 옮길 수 있습니다. 중국의 고사(유래가 있는 옛날의 일) '우공이산(愚公移山)'은 "어리석은 늙은이가 산을 옮긴다."는 뜻입니다. "어떠한 어려움도 굳센 의지로 밀고 나가면 극복할 수 있으며, 하고자 하는 마음만 먹으면 못할 일이 없다."는 것을 비유하는 말이지만 그 중심에 '믿음'이 있습니다. 산을 옮길 수 있다는 믿음이 있었기 때문에, 그 믿음에 하늘이 감동하여 산을 옮겨 주지 않았을까 생각합니다.

하나님도 믿어야 하지만, 나 자신도 믿어야 합니다. 내가 나를 믿지 않으면 나는 아무것도 할 수 없습니다. 사람이든 동물이든 태생적으로 믿는 것에 반응합니다. 동물이 우두머리를 따라 낭떠러지라도 가는 것은 우두머리를 절대적으로 신뢰하기 때문입니다. 많은 사람들이 돈에 민감하게 반응하는 것은 돈의 힘을 믿기 때문일 것입니다. 내가 나를 믿지 않으면 남도 나를 잘 믿지 않습니다. 사람들은 그것을 본능적으로 압니다. 된다고 믿고 하면 될 가능성이 높고, 안 된다고 믿고 하면 안 될 가능성이 높습니다. '자기 과신'이 지나치면 안 되겠지만 '자기 확신'은 꼭 필요합니다. 역사적으로 '자기 과신'을 한 사람들은 대부분 실패하거나 패배했지만, '자기 확신'을 갖고 끝까지 행동한 사람들은 때때로 '미쳤다'는 소리를 듣기도 했지만 대부분 성공했습니다. 내 안의 나는, 내가 술래가 되어 찾아 주기를 바라고 있습니다. 믿음의 기도로써 자신을 찾기 바랍니다. 성경에 "구하라 그러면 너희에게 주실 것이요 찾으라 그러면 찾을 것이요 문을 두드리라 그러면 너희에게 열릴 것이니(마 7:7)"라는 말씀이 나옵니다. 기도로써 찾고 구하기 바랍니다.

성격과 성향, 나는 어떤 기질을 갖고 있는가?

그러면 어떻게 나만의 특징을 찾아서 끄집어낼 것인가? 우선 나의 성향을 알아야 합니다. 우리는 저마다 조금씩 다른 성향을 지니고 있습니다. 물론 같거나 비슷한 성향도 있습니다. 성향(性向)이란 '성질에 따른 경향'을 말합니다. 성질·기질·성격·성품과 비슷한 말입니다. 사람은 저마다 성격과 성품이 다릅니다. 손가락의 지문처럼 사람은 저마다 구별되는 성격을 갖고 있습니다. 나는 어떤 성향을 지닌 존재인가를 알아야 합니다. 성격은 "나는 무엇이 남과 다른가?"입니다. 기질(氣質)은 "내 기운(氣運. 힘)의 원천(質) 무엇인가?"입니다. 내 기질에 따른 노력과 공부, 일이 나를 영화롭게 합니다. 나를 복되게 합니다.

기본적으로 나는 경쟁을 즐기고 좋아하는 성향인지, 아니면 경쟁을 꺼리고 싫어하는 성향인지를 알아야 합니다. 왜냐하면, 대체로 스포츠나 사업을 하는 사람들은 경쟁을 즐기는 성향을 지니고 있습니다. 경쟁을 꺼리고 싫어하는 성향을 지닌 사람이 외판원이나 자동차 딜러, 보험설계사 등을 하면 소위 머리에 쥐(마비)가 납니다. 그런 사람은 그런 직종의 직업에서 일하는 것을 버거워합니다. 심하면 정신적으로 문제가 생길 수도 있습니다.

나는 외향적인지 내향적인지, 나는 감각형인지 직관형인지, 나는 사고형인지 감정형인지, 나는 판단형인지 인식형인지, 나는 계획형인지 자율형인지, 나는 현실형인지 이상형인지, 나는 꼼꼼이인지 덜렁이인지, 나는 성취 지향형인지 안정 지향형인지, 우뇌형인지 좌뇌형인지 등등 나의 타고난 성격과 기질을 제대로 알아야 합니다.

사람마다 성격과 지질은 다릅니다. 사람은 태어날 때부터 서로 다릅니다. 일란성 쌍둥이라도 성격이 다릅니다. 분명히 알아야 할 것은 다른 것이 반드시 틀린 것도 나쁜 것도 아니라는 점입니다. 나의 성향을 파악하는 것은 남녀가 미팅할 때 어떤 상대를 택할 것인지와 같은 것입니다. 나의 성향을 알아야 나에게 맞는 파트너를 선택할 수 있는 것입니다. 마찬가지로 나의 성향을 알아야 내가 장래에 해야 할 일이 무엇인지 선택할 수 있는 것입니다. 나의 성향에 맞는 직업을 택해야 합니다. 그래야 내가 기쁘고 즐겁고 행복하게 그 일을 지속적으로 오래도록 할 수 있습니다.

본래 타고난 성격이나 성품(성격)을 천성이라고 합니다. 천성과 비슷한 말이 본성과 근성입니다. 학자들에 따라서 조금씩 견해가 다르지만, 천성은 타고나기(선천적으로 가지고 태어나다)에 좀처럼 쉽게 바뀌지 않습니다. 주변 여건에 따라서 본인의 의지와 노력으로 조금은 변화될 순 있지만, 근본적인 성향은 그대로 유지되는 경우가 대부분입니다. 타고난 성격에 맞게 전공과 직업을 찾으면 실패할 가능성을 줄일 수 있습니다.

복잡다단(일이 여러 가지가 얽혀 있거나 어수선하여 갈피를 잡기 어렵다)한 현대와 미래 사회에서, 많은 정보를 기억하고 저장하고 살기는 힘듭니다. 따라서 내가 잘 모르면 전문가에게 맡기는 것이 최선의 방법일 수 있습니다. 아프면 먼저 병원에 가서 검진을 받아야 합니다. 검진 결과에 따른 의사의 처방과 치료를 받을 때 비로소 나을 수 있습니다. 마찬가지로 나의 성향, 성격, 타고난 기질을 제대로 알기 위해서는 그에 필요한 과학적이고 객관적인 검증이나 검사를 받는 것이 좋습니다. 대표적인 성격 검사 프로그램으로는 MBTI 성격 유형 검사, 에니어그램 검사, DSIC 성격 유형 검사 등이 있습니다. 커리어넷, 워크넷, EBS진단

코칭, 서울진로진학정보센터 등에서 이러한 유형의 검사를 받을 수 있습니다.

하늘의 무수히 많은 별들과 바다의 수많은 조개들, 언뜻 보면 서로 비슷해 보이지만 세밀히 관찰하면 모양과 무늬와 색깔이 모두 다 다릅니다. 저마다 고유한 특성을 지니고 있는 것입니다. 나만의 고유한 특성으로 나만의 빛을 낼 때, 여러분의 인생은 아름다운 은하수 천체를 이루게 될 것입니다. 나만의 타고난 성격과 특성으로 경쟁하기 바랍니다.

나만의 특성으로 세상에서 남과 대체 불가능한 존재가 되어야 합니다. 나만의 특성으로 남다른 존재가 되어야 합니다. 미래의 유망한 직업 트렌드는 크게 세 가지입니다. 기계가 할 수 없는 일을 하든지, 기계를 만드는 일을 하든지, 기계를 조작 또는 수리하는 일을 하든지입니다. 그 어느 때건 여러분이 기계(로봇)로 대체할 수 있는 존재가 되는 순간, 여러분의 미래는 절벽이 될 것입니다. 여기서 기계는 로봇, 인공지능(AI) 등으로 이해해도 무방(거리낄 것이 없이 괜찮다)할 것입니다.

자식은?

자식은,

똥 마려운 강아지 마냥

주방을 들락거리며

냉장고 문을 열었다가 닫았다가

각얼음 둥둥 띄운 찬물을 마셔도

콜라를 들이켜도

사이다를 마셔도

가시지 않는

갈증이다

오아시스가 아득한 사하라다.

흥미, 나는 무엇을 좋아하는가?

나를 아는 것은, 나의 흥미를 아는 것입니다. 흥미(興味)라는 '흥(興)을 느끼는 재미[滋味]'라는 뜻입니다. 재미를 불러일으키는 것이 흥미입니다. 재미는 "자양분이 많고 맛이 좋다."는 뜻을 가진 한자어 '자미(滋味)'에서 유래되었다고 합니다. 내 인생을 우뚝 일으켜[興] 세울 만큼 재미있는, 튼실한 나의 몸처럼 내 인생을 건강하고 행복하게 해줄 수 있을 만큼 맛 좋은 일이, 나의 흥미입니다. 여러분은 자신의 '흥미'를 제대로 알아야 합니다. 여러분은 자신의 '흥미'를 적확히(정확하게 맞아 조금도 틀리지 아니하다) 알 필요가 절실합니다.

흥미는 "나는 무엇을 하고 싶은가? 나는 무엇을 하는 것을 좋아하는가?"입니다. 흥미는 나의 입맛에 맞는 음식과 같은 것입니다. 흥미는 나의 인생을 맛깔나게 해줄 수 있는 중요한 식재료입니다. 모든 것은 재미가 있어야 합니다. 재미란 '아기자기하게 즐거운 기분이나 느낌'을 말합니다. 재미란 즐거운 것입니다. 뭐든 즐거워야 잘하고 오래 할 수 있습니다. 재미를 잃으면, 흥미를 잃으면, 하는 일을 지속하기 어렵습니다. 재미있으니까 하는 게임처럼, 엄마가 말려도 기어이 하고야 마는 게임처럼, 여러분은 누가 말려도 막아도 즐겁고 기쁘게 신나게 할 수 있는 일거리를, 직업을 찾아야 합니다. 이젠 일자리보다 일거리입니다. 그런 방향으로 진로를 설정해야 합니다. 대체로 성공한 사람들의 대부분은 자신이 하는 일을 재미있게 합니다. 일을 놀이 삼아 합니다. 일 자체는 힘들고 어렵지만, 억지로라도 재미있게 하려고 애씁니다. 그것이 현명한 삶의 전략이기 때문입니다. 살아 있는 것들은 그들 나름의 생존전략(생존방식)이 있기 마련입니다.

흥미의 별명은 관심입니다. 관심(關心)이란 마음이 이끌리는 것입니다. 나도 모르게 내 마음을 끌고 가는 그 무엇이 흥미입니다. 무엇이든 흥미가 있어야 그 일을 제대로 할 수 있습니다. 흥미를 잃으면 그 일을 지속하기 어렵습니다. 흥미는 하는 일을 지속시키는 능력을 갖추고 있습니다. 속도보다 방향이 중요하다는 것은 모두가 아는 진실입니다. 대부분의 전문적인 직업인은 일을 재미있게 합니다. 물론 처음에는 먹고 살기 위해서 시작한 일도 많습니다. SBS의 〈생활의 달인〉 프로그램에 등장하는 달인(達人. 고수. 명인)들의 공통된 특징이 세 가지가 있습니다. 그 첫째는 "먹고 살려고 했다."는 것이고, 둘째는 불가피하게 선택하고 시작한 일이지만 "즐겁게 최선을 다한다."는 것입니다. 그리고 마지막 셋째는 '더 잘할 방법'을 찾기 위해서 몸부림치며 나름대로 여러 가지 방법들을 시도했다는 것입니다. 그렇습니다. 공자께서도 좋아하는 것이 즐기는 것을 이길 수 없다고 했습니다. 내 인생길에서 일을 재미있게 하려면, 먼저 내가 재미있어하는 일이 무엇인지 알아야 합니다. 마찬가지로 이번에도 전문적인 검사를 받아야 합니다. 내가 관심 있고 미치도록 하고 싶은 일(직업. 일거리)을 찾기 위해서 워크넷과 커리어넷의 직업흥미검사, 가이던스의 홀랜드진로탐색검사, 한국적성연구소의 진로흥미검사 등으로 나의 직업에 대한 흥미를 측정할 수 있습니다. 그 밖에 일반흥미검사, 학습흥미검사 등 여러 종류의 흥미도 검사가 있습니다.

다소 비과학적인 방법이지만 필자가 학생들에게 권하는 것이 있습니다. "흥미란 나도 모르게 관심이 가고 즐겁게 하는 것이다."라고 정의할 경우에 단순명료하게 자신의 흥미를 파악하는 방법으로써, 도서관이나 대형 서점에 가서 게임이나 판타지, 무협지, 만화 등 누구에게나 관심 있는 분야는 제외하고 내 마음이 나도 모르게 끌리는 분야의 책이 꽂혀 있는 곳으로 가보라고 합니다. 가서 걸음이 멈춘 곳에 있는 책을 뽑아 이리저리 뒤적거려 보라고 합니다. 그러다 보면 나도 모르게 손이 가고, 나도 모르게 저절로 자연스레 눈길이 멈추는 분야의 책이 있을 것이라고요. 그것이 전문서적이든 잡지든 상관이 없습니다. 발길과 눈길이 머문 그곳이 나의 흥미 분야일 수도 있다고, "꼭 가보라!"고 권합니다. 전문가들이 들으면 터무니없는 말이라고 할 수도 있겠지만, 막연히 그냥 대책 없이 넋 놓은 채 살고 무의미하게 생활하기보다는 꿈쩍이라도 하면 흥미의 대상이 그들에게 반응하지 않을까 하는 바람에서입니다. 무엇을 좋아하고 무엇을 싫어하는지 아는 것은 무엇을 즐기고 무엇을 마음으로 거부하는지 아는 것은 '자기 이해'의 매우 중요한 과정입니다. '마음이 끌리고 재미가 있고 즐거우면' 그 일은 나에게 흥미가 있는 것일 가능성이 높습니다. 흥미는 내가 하는 일의 성공 여부에 결정적인 역할을 합니다. 돈벌이가 잘되는 일도 흥미가 없으면 지속하기 어렵습니다. 반면에 돈벌이가 좀 부실해도 흥미가 있으면 지치지 않고 하는 일을 계속할 수 있습니다. 일은 싫지만, 돈벌이에 흥미가 있으면 그것도 지속할 수 있습니다. 어찌하든 중요한 것은, 내가 하는 일이 일 자체든 돈이든 하는 것에 '흥미와 재미'가 있어야 한다는 것입니다. 그래야 지속 가능하다는 것입니다. "즐겨야 이긴다."는 말은 우리가 일평생 살면서 기억해야 할 것입니다. 내가 즐겁고 기쁘게 할 수 있는 일이나 직업을 찾는 것은 중요하고 또 중요한 일입니다. 국어사전에 나오는 '즐겁다'와 비슷한 말은 '흐뭇하다, 유쾌하다, 좋다, 기쁘다, 달다, 흥겹다' 등입니다. 그리고 반대말은 '괴롭다, 슬프다, 지겹다' 등입니다. 일평생 '흥겹게 꿀처럼 달게' 할 수 있는 일거리와 직업을, 업종을 찾아보기 바랍니다. 일거리를 찾아보기 바랍니다. 정철의 『인생의 목적어』에 나오는 말입니다. "멋진 인생이란 의미와 재미를 잘 섞은 인생입니다. 아무리 좋은 의미도 재미가 없으면 오래갈 수 없습니다." 이처럼 의미(가치) 있고 재미있는 일이어야, 멀리 가고 오래갈 수 있습니다. 지속 가능합니다.

잔별

땅속 나무뿌리처럼
정말로 소중한 것은
눈에 잘 띄지 않는다
사랑하는 마음처럼
너무나 귀중한 것은
자라목처럼 감추고
잘 보여주지 않는다
세상에서
그 무엇과도 바꿀 수 없는 것은
밤하늘 은하수 잔별처럼
보일 듯 말 듯
항상 가물가물한다

돌담 쌓기

돌담을 쌓아 본 사람은 안다
축대를 쌓아 본 사람은 안다
네모난 돌
둥글둥글한 돌
작은 돌
큰 돌
꾸부렁한 돌
곧은 돌
어느 하나 버릴 게 없다는 것을.

적성, 나는 무엇을 잘하는가?

나의 적성은? 적성(適性)이라는 말은 적합(適合)한 성질(性質)이라는 뜻입니다. "나는 무슨 일을 하기에 적합하게 태어났는가? 나는 무엇을 잘할 수 있는가?"가 적성입니다. 잘할 수 있는 능력이 적성입니다.

오리는 오리로 키워야 합니다. 닭에게 아무리 수영 교육과 훈련을 시킨다고 하여도, 닭이 오리만큼 헤엄을 칠 수 없습니다. 오리에게 아무리 달리기 교육과 훈련을 시킨다고 하여도, 오리가 닭만큼 뛸 수는 없습니다. 물론 오리와 닭을 훈련시키면 조금은 더 잘 헤엄치고 조금은 더 잘 달릴 수는 있을 것입니다. 그러나 오리를 닭으로 만들고 닭을 오리로 만들려는 것은 현명한 삶의 전략이 아닙니다. 타고난 특성에 적합하게, 타고난 강점지능에 집중하는 것이 돈과 힘을 적게 들이고 원하는 결과를 얻고 행복하게 살 수 있는 비결입니다.

나의 강점과 장점을 찾아서 그 일에 집중하면 나의 미래도 그만큼 밝아집니다. 어떤 일을, 무슨 일이든 누구나 다 잘하는 사람도 없고, 누구나 다 못하는 사람도 없습니다. 내 깜냥(스스로 일을 헤아림 또는 헤아리는 능력)을 알아야 합니다. 내가 무엇을 잘할 수 있는가를 아는 것, 나의 적성을 아는 것이, 나를 있는 그대로 보는 것이고, 제대로 보는 것이고, 행복할 수 있는 지름길입니다.

좀 엉뚱한(상식적으로 생각하는 것과 다른) 이야기를 하자면, 가수 인순이 씨의 〈거위의 꿈〉이라는 노래에서, 거위는 하늘을 날고자 하는 꿈을 현실로 만들려면 먼저 몸무게를 빼야 합니다. 둘째는 날개의 근육을 키우는 훈련을 해야 하고, 매번 부리로 깃털을 가볍게 골라야 합니다. 여기서 '고르다'라는 것은 "울퉁불퉁한 것을 평평하게 하거나 들쭉

날쭉한 것을 가지런하게 하다. 붓이나 악기의 줄 따위가 제 기능을 발휘하도록 다듬거나 손질하다.”라는 뜻입니다. 부리로써 늘 날개가 가지런하도록 다듬고 손질해야 하는 것입니다.

무엇보다 중요한 것은 나는 하늘을 날 수 있다는 마음가짐(마음의 자세)이 있어야 합니다. 그렇게 마음과 깃털을 함께 가다듬어야 합니다. 마음과 깃털을 다잡아야 합니다. 매번 이 마음의 다잡음을 놓지 않고, 몸무게를 감량하고, 날개의 근육을 끊임없이(쉼 없이, 꾸준히) 키우고 깃털을 가다듬는다면, 거위의 꿈은 현실이 될 것입니다. 그렇지 않으면 그 꿈은 헛꿈이 되고 말 것입니다. 뭐든 꿈쩍하지 않으면 헛것이 됩니다. 뭐든 이루고자 한다면 꿈쩍이라도 해야 합니다. 꿈쩍도 하지 않은 꿈은 개꿈입니다.

내가 잘하는 것을 아는 것은 나를 나답게 하는 지름길입니다. 꿈은 직업으로 성취됩니다. 전문가들은 말합니다. 직업은 내가 좋아하는 것보다, 내가 잘하는 것으로 승부를 걸어야 한다고 말합니다. 물론 잘하니까 좋아하게 되고, 좋아하니까 잘하게 되는 것은 당연한 이치이지만, 잘하지만 좋아하지 않을 수도 있고, 좋아하지만 잘 못할 수도 있습니다. 직업의 금상첨화(좋은 일 위에 또 좋은 일이 더하여짐)는, 직업의 최선은 좋아하면서 잘하는 일을 하는 것입니다. 그 두 번째는 좋아하지는 않지만 잘하는 것입니다. 세 번째는 잘하지는 못하는 데 좋아하는 것입니다. 마지막은 절대 가지 않았으면 하는 길, 잘하지도 않고 좋아하지도 않는 일을 하는 것입니다. 이 길은 만류하고 싶은 길입니다. 이 길은 막아서고 싶은 길입니다. 살아 있는 것은 그들 나름의 삶의 전략이 있습니다. 올바른 전략이 지혜입니다.

여기서 한 가지 잘 알아야 하는 것이 있습니다. 좋아하는 것과 잘하는 것을 혼동(구별하지 못하고 뒤섞어서 생각함)하는 것입니다. 좋아하는 것과 잘하는 것은 엄연히 구별된 존재입니다. 예를 들면, 내가 노래 부르고 듣는 것을 좋아하는 것을 내가 노래를 잘 부르는 것으로 착각하면 곤란하다는 것입니다. 이러한 착각은 본인은 물론이고 가족과 주변 사람들을 힘들게 할 가능성이 큽니다. 이것은 오른쪽 다리가 가려운데 왼쪽 다리를 벅벅 긁는 것과 같은 이치입니다.

세상에는 열심히 해도 잘되지 않는 일들이 있습니다. 인생을 열심히 사는데도, 공부를 열심히 하는 데도, 최선을 다하는데도, 결실이 뜻대로 잘 여물지 않는 일이 있다면, 위의 경우에 해당할 가능성이 높습니다. 세상을 현명하게 살려면 분별력(서로 다른 일이나 사물을 구별하여 가르는 능력)이 있어야 합니다. 그것을 흔히 '지혜'라고도 합니다. 미안한 말이지만, 객관적으로 볼 때 내가 노래를 좋아하는데 잘 부르지 못한다면, 나는 노래 부르는 것은 취미로 하고 더 잘하는 것을 직업으로 삼아 승부를 걸어야 할 것입니다. 그것이 나와 내 사랑하는 가족과 주변 사람들을 힘들지 않게 할 가능성이 높습니다.

자신을 안다는 것은, 자신의 적성을 안다는 것은, 자신이 무엇을 잘하고 좋아하는지 만이 아니라 무엇을 끔찍이 싫어하고 무엇을 참기 어려워하며, 무엇은 힘들더라도 인내하며 할 수 있는지 아는 것입니다.

너무나 이성적인 말인지 모르겠지만, 살면서 감성은 매우 중요한 기능과 역할을 합니다. 요즘은 감성 시대입니다. 하지만 세상의 모든 일이 감성만으로 되는 것은 아닙니다. 감성과 이성의 조화는 이상적이고 아름답습니다. 때로 치우친(균형을 잃고 한쪽으로 쏠린) 감성이나 치우친 이성은 종종 문제를 불러일으킵니다. 행복은 감성에 가깝습니다. 하고 싶은 것도 감성입니다. 느끼는 것은 감성입니다. 되게 하는 것은 이성입니다. 행복한 감성을 느끼고 싶으면 그것을 뒷받침하는 이성이 필요합니다. 거위의 꿈은 감성입니다. 거위가 살을 빼고 날개의 근육을 키우고 깃털을 고르는 것은 이성입니다. 새는 날기 위해 뼛속까지 비웁니다. 감성과 이성의 조화와 균형이 우리의 인생을 아름답게 할 것입니다. 좋아하는 것과 잘하는 것의 분별이, 우리의 인생을 수월(까다롭거나 힘들지 않아 하기 쉬움)하게 할 것입니다. 하고 싶은 것과 되는 것을 잘 분별하는 것이 우리의 삶을 고달프지 않게 할 것입니다. 살아 있는 것은 그들 나름의 삶의 전략이 있습니다. 최선은 끝까지 하는 것입니다.

　나의 적성을 아는 것은, 내가 세상을 버벅거리지(자연스럽게 하지 못하고 자꾸 틀리거나 머뭇거리다) 않고 사는 데 필요한 귀중한 도구로서 무사의 창과 같은 것입니다. 그래서 진로와 직업 전문가들은 한결같이 "성적보다 적성이다."라고 하는 것입니다. 그들처럼 "성적에 집착하지 말고 적성에 집중하라."고 필자도 말하고 싶습니다. 그것이 가장 현명한 삶의 전략(생존방식)입니다. 그것이 가장 명료한 공부의 전략입니다. 성적을 무시하라는 말이 아닙니다. 적성에 집중하면, 내가 무엇을 잘하는지 분명히 알면, 내가 가야 할 길이 선명해지기 때문에 그 과녁(진로와 직업)에 집중하다 보면 성적은 덩달아 저절로 오를 수밖에 없습니다. 집착과 집중은 전혀 다른 개념입니다. 여러분이 성적에 집착하면 할수록 적성은 나와 더욱 사이가 멀어질 수 있습니다.

　『맹자』의 「대학」에 '심성구지 수부중불원의(心誠求之 雖不中不遠矣)'라는 말이 나옵니다. 풀이하자면, "마음으로 간절히 바라고 구하면 비록 적중(명중)은 못 할지라도 크게 과녁에서 벗어나지 않는다."는 말입니다. 성적에 대한 집착보다 간절한 마음으로 적성에 집중하면 성적 문제도 어느 정도 해결될 수 있습니다.

홍성훈은 『다중지능혁명』에서 "직업 분야에서의 성공이 곧 인생의 성공과 행복으로 연결됨은 물론이다. 소질과 적성은 학습 속도를 빠르게 하는데, 이는 그것이 흥미와 호기심을 증진시키기 때문이다. 소질과 적성을 찾고 그 분야에 맞는 학습을 시킬 때, 학습 속도와 성과는 엄청나게 커진다. 또한, 소질과 적성에 맞는 전공과 직업을 선택할 때 비로소 몰입과 자아실현이 가능해진다. 그래서 드디어 인생의 진정한 성공과 행복이 가능해진다."고 했습니다. '소질과 적성 파악, 그 분야에 맞는 학습 → 흥미와 호기심 증진 → 학습 속도와 성과 향상 → 소질과 적성에 맞는 전공과 직업 선택 → 몰입과 자아실현 가능 → 진정한 성공과 행복 가능'으로 연결되는 연결고리의 출발점에 '소질과 적성'을 아는 것이 있음을 주목하기 바랍니다.

대학교나 직업 현장에서, 적성을 고려하지 않은 학과와 직종의 선택으로 인해 학교를 중퇴하거나 전공학과를 바꾸거나 전직(직업이나 직무를 바꾸어 옮기다)과 퇴사를 고민하는 사람들이 많습니다. 그들이 이구동성으로 하는 말은 "나와 잘 맞지 않는다."입니다. 이와 같은 시행착오를 겪지 않는 비결이 자신의 적성 파악입니다. 적성의 파악과 집중은 현명한 생존전략입니다.

어떤 일을 잘하기에 알맞은(적합한) 능력인, 적성을 알아보는 검사(직업적성검사)는 커리어넷(https://www.career.go.kr)의 '진로심리검사', '직업적성검사'에서 무료로 받아볼 수 있습니다. 또한, 고용노동부의 워크넷(http://www.work.go.kr)에서도 무료로 검사를 받아볼 수 있습니다. 그 밖에 '다중지능적성검사' 등도 받아 보면 나의 적성을 파악하는 데 많은 도움을 받을 것이라고 확신합니다.

다음의 글은 한상복의 『필요한 사람인가』에서 발타자르 그라시안의 말을 인용한 것입니다. "대부분의 사람은 자신의 타고난 적성을 모른 채 뚝심으로만 밀고 나가다 결국 어느 분야에서도 평범한 사람이 되고 만다. 재능이 없는 일에 열정만으로 매달리다가 오랜 시간이 지난 후에 다른 적성을 찾는 것이야말로 가장 안타까운 일이다. 자신의 소질을 정확히 알고 있는 사람은 그 분야에서 최고가 될 수 있다. 판단력이 뛰어난 사람이 있는가 하면, 용기가 남다른 사람도 있다. 순발력이 좋은 사람도 있고, 체력이 강한 사람도 있다. 지능이 우수한 사람도 있다. 감성이 풍부한 사람도 있다."

"신중한 자세란 자신에 대해 곰곰이 생각하는 것을 말한다. 즉, 자신의 기질을 파악하고 나아가 타고난 능력과 후천적 노력의 균형을 맞추기 위해 자신의 드러나지 않은 부분까지 살피는 것을 말한다. 자신을 아는 것에서부터 변화가 시작된다." 이러한 발타자르 그라시안의 말을 귀담아들을 필요가 충분하다고 봅니다. 또한, 이 책에서 한상복은 이렇게 말했습니다. "노력이 성공과 반드시 직결되어 있는 것이 아님을 이제 안다. 꿈과 성취도 별개라는 점을 인식하기에 섣부르게 기대했다가 상처받을 일도 적다. 그러니 내게 맞는 인생 과목을 선택해 집중한다면 성공까지는 아니더라도 꽤 만족스러운 일상 정도는 만들어 낼 수 있지 않을까?" 충분히 귀담아들을 만한 이야기입니다.

랜시 포시 교수의 책 『마지막 강의』 속 다음과 같은 조언도 마음에 새겨두시기 바랍니다. "당신 자신을 다른 사람들과 비교함으로써 스스로 과소평가하지 마라. 왜냐하면, 우리 각자는 모두 다르고 특별한 존재이기 때문이다. 당신의 목표를 다른 사람들이 중요하다고 생각하는 것에 두지 마라. 자기에게 무엇이 제일 잘 맞는지는 자신만이 안다."

연탄 배달

칼바람 등지고
늙은 아비의 구부정한 등줄기같이
고달픈 골목길을
구공탄 바리바리 실은 리어카가
애벌레 나뭇가지 기어오르듯
꾸역꾸역 오르고 있다

땀에 절어 연탄 결만큼 검고 반질한 목도리에
겨울을 파묻은 늙은 어미는
말없이 밀고
구공탄 가슴속같이 구멍 숭숭한 목장갑에
가난을 숨긴 목쉰 아비는
맥없이 끌며
매캐한 막장 속 같은 삶을 나르고 있다

비바람에 내둘린 먹구름처럼 쓸렸고
미루나무 우듬지 끝에 뎅그렁 걸려
오가도 못한 방패연 같은 신세였지만

내 가족에게
검은 몸 불살라 엄동설한 막아서는
한 장의 연탄이었기에
리어카에 무동 타고 올망졸망 붙어 앉은
저 녀석들이 오늘따라 더 정겹다.

가치관, 나는 무엇을 더 소중하게 여기는가?

나의 가치관(價値觀)은? 가치관이란 '가치(價値)에 대한 관점(觀點)'이라는 뜻입니다. 가치는 값어치를 말합니다. 가격을 말합니다. 나는 내삶에서 무엇에 가치(값어치. 가격. 의미)를 매기고 살고 있는가? 나는 무엇을 더 소중하게 여기는가? 돈에 가치를 높게 매기는 사람은 돈에 얽매여 삽니다. 행복에 가치를 부여하는 사람은 행복에, 건강에 가치를 부여하는 사람은 건강에, 얼굴에 가치를 부여하는 사람은 얼굴에, 목숨을 걸기도 합니다. 의식적이든 무의식적이든 사람은 누구나 '소중하게 여기는 것'이 있기 마련입니다. 내가 소중하게 여기는 것은 무엇입니까? 여러분의 인생에 가치를 부여하기 바랍니다.

인간은 누구든 가치를 높게 매기는 일이나 행위에 의미를 부여하고삽니다. 나의 가치관은? "나는 내 삶에서 무엇에 어떤 일에 가치와 의미를 부여하고 살 것인가?"를 아는 것은 매우 엄청나게 중요합니다. 같은 의사라도 돈에만 가치를 부여하는 사람도 있을 것이고, 돈보다는희생과 헌신과 봉사에 가치와 의미를 부여하고 사는 사람도 있을 것입니다. 또는 성취나 성공, 명예에 가치를 부여하는 사람도 있을 것입니다. 대부분의 사람들은 자신의 가치관에 맞는 일을 할 때, 나름의 의미를 부여하는 일을 할 때 보람과 행복을 느낍니다.

이처럼 대부분의 사람들은 가치 지향적입니다. '가치교환의 법칙'이라는 것이 있습니다. 사람은 자신이 중요하다고 생각하는 가치를 얻기위하여 '시간과 에너지(힘)'를 열정적으로 쏟아 붓는다는 것입니다. 그이유는 그 가치의 아이콘이 자신이기 때문입니다. 나만의 가치는 자력(磁力. 서로 끌어당기거나 밀어냄으로써 서로에게 미치는 힘)을 갖고 있어서 나를 자석처럼 끌고 갑니다. 그것을 흔히 사람들은 '끌린다.'라고 합니다. 나를 자석처럼 끌고 가는 '그 무엇'이 나를 나답게 하고, 나스럽게 하며, 나되게 하는 것입니다. 가치는 쇠를 끄는 자석입니다.

모든 생명체는 자신의 존재 목적(이유)이 되려고 애씁니다. 올챙이는 개구리가 되려 하고 번데기는 나비가 되려 하듯, 모든 미생(未生)은 늘 완생(完生)을 꿈꿉니다. 완생을 꿈꾸지 않는 올챙이는 개구리가 될 수 없습니다. 완생을 꿈꾸지 않는 번데기는 나비와 나방이 될 수 없습니다. 청소년기와 청년은 완생을 꿈꾸는 시기입니다. 개구리가 번데기가 되려고 애쓰듯 애면글면하는 때입니다. 건강한 완생을 꿈꾸는 미생은 그 자체만으로도 한 송이의 백합입니다. 미생이 완생이 되는 데 꼭 필요한 것이 나만의 일정한 직업을 갖는 것입니다. 다시 말하지만, 꿈은 직업으로 성취됩니다.

따라서 착한 가치관에 따른 직업을 갖는 것은 완생의 중요한 요건(필요한 조건)입니다. 사람들의 판단과 선택을 가르는 기준은 대체로 두 가지입니다. 시비곡직(是非曲直. 옳고 그르고 굽고 곧음)과 이해득실(利害得失. 이로움과 해로움과 얻음과 잃음)입니다. '나의 가치'는 내가(자신이), 이 두 가지 가운데 더 중요하게 여기는 것입니다. 이렇듯이 나의 가치관은 내 삶과 삶 속에서 접하는 어떤 대상에 대해서 옳고 그름을 판단하는 기준이 됩니다. '직업(생계를 유지하기 위하여 자신의 적성과 능력에 따라 일정한 기간 동안 계속하여 종사하는 일)'을 선택할 때 중요하게 여기는 기준이나 우선순위를 '직업 가치관'이라고 합니다.

『프레임』의 저자 최인철 교수는 이 책에서 지혜로운 사람의 11가지 프레임을 말합니다. 그 첫째가 "의미 중심의 프레임을 가져라."입니다. 최인철 교수는 이렇게 말합니다. "자녀의 배우자감이 어떤 사람인지,

혹은 신입사원이 어떤 사람인지 알고 싶다면 '당장 내일 어떻게 살 것인가?'를 물어야 한다. 막연한 먼 미래가 아닌 내일 당장의 삶을 '의미 중심'으로 바라보고 있는 사람, 그런 사람이 바로 부모가 원하는 자녀의 배우자감이고, 회사의 인재인 것이다. 여기서 의미 중심은 가치 중심을 말합니다. 가치 중심의 삶을 사는 사람은 비바람이 불어도 비바람을 탓하지 않고 묵묵히 자신의 길을 갑니다. 그런 사람이 지혜로운 사람입니다. 무의미한 삶을 사는 사람은 무가치한 삶을 사는 사람입니다. 그런 사람은 존재 이유와 목적을 모르기에 사소한 일에도 크게 흔들립니다. 의미와 가치가 지혜를 호출합니다.

직업가치관검사는 한국직업능력개발원의 커리어넷의 '진로심리검사', '직업가치관검사'에서 무료로 받아볼 수 있다. 또한, 고용노동부의 워크넷에서도 무료로 검사를 받아볼 수 있습니다. 그 밖의 여러 경로를 통해서 개인적으로 받으면 됩니다.

스마트폰

오랜 젓가락질로

잘 숙달된 엄지와 검지를 써서

내리고 또 올리고

오므리고 또 벌리며

물안경으로 바닷속 보듯

세상을 속속들이 본다

세상과 소통에 혹여나 밑질까

족대로 물고기 잡듯 샅샅이 훑고 훑는다

뭐든 막힌 것은 고통이기에

말을 거두고 숨소리도 죽인 채

눈길 멈춘 그곳은, 스마트폰

눈빛이 샛별처럼 초롱초롱하다

벌써 앞과 옆은 잊은 지 오래

나도 잊은 지 오래

세상만 독도처럼 우뚝하다

잔별

땅속 나무뿌리처럼
정말로 소중한 것은
눈에 잘 띄지 않는다
사랑하는 마음처럼
너무나 귀중한 것은
자라목처럼 감추고
잘 보여주지 않는다
세상에서
그 무엇과도 바꿀 수 없는 것은
밤하늘 은하수 잔별처럼
보일 듯 말 듯
항상 가물가물한다

재능, 하나님께서 선물로 주신 것

천부적(天賦的. 하나님께서 우리 개개인에게 거저 주신)인 성질이 '재능(탤런트. 달란트)'입니다. 스위스의 철학자 아미엘은 "남이 하기 어렵다고 하는 것을 쉽게 하는 것, 그것이 재능이다."라고 했습니다. 재능은 하늘로부터 선물처럼 거저 주어진 것이기에, 조금만 건드려도 이내 반응하며, 적은 노력에도 쉽게 꽃이 피고 잘 열매를 맺습니다. 누구나 자신의 천부적 재능을 제대로 알고 그 재능의 계발에 몰두(어떤 일에 온 정신을 다 기울여 열중함)하면, '돈과 힘(노력)'을 적게 들이고 능동적이고 주체적인 인생을 살 수 있습니다. 내 인생의 주인이 내가 될 수 있습니다. 나의 인생을 내가 뜻하고 간절히 소망하는 방향으로 이끌고 갈 수 있습니다. 그런 사람의 자존감은 높을 수밖에 없습니다. 자존감이 높은 사람은 행복할 가능성이 큽니다.

"사슴은 맹훈련시켜도 결코 사자를 만들 수 없다."는 말이 있습니다. 맞습니다. 사슴은 사슴에 맞게 키우고, 사자는 사자에 맞게 키워야지, 사자를 키워서 사슴을 만들 수도 없고, 사슴을 키워서 사자를 만들 수도 없습니다. 왜냐하면, 사자는 사자로서 태어난 것이고 사슴은 사슴으로서 태어난 것입니다. 이 점을 되도록 명확하고 빨리 아는 것은, 삶을 술 취한 듯 비틀거리지 않고 살 수 있는 비결입니다.

"굼벵이도 구르는 재주가 있다."는 속담처럼 아무런 재주가 없다고 하소연하는 사람도 반드시 '한 가지 재주'는 있기 마련입니다. 우리는 누구나 한 가지 이상의 재능을 가지고 태어났습니다. 지금 여러분에게 필요한 것은 위에서 말한 성격검사, 흥미검사, 적성검사, 가치관검사 등 통해 '나'를 조금이나마 객관적으로 아는 것입니다. 나만의 색깔을 선명히 아는 것입니다. 나에게 어떤 옷이 잘 어울리는지, 나에게 어떤 옷이 잘 맞는지 아는 것입니다.

결혼도 마찬가지라고 봅니다. 대부분의 사람들은 내가 원하는 사람과 만나서 결혼하기를 소원합니다. 그러나 내가 간절히 바라고 원하는 사람은 나보다 여러 가지 여건이나 조건이 나은 경우가 대부분입니다. 여건과 조건과 기준이 차이가 나니까 서로가 잘 맞지 않는 것입니다. 행복한 결혼의 핵심은, 내가 바라고 원하는 사람을 만나려 애쓰기보다 나와 얼마나 잘 어울리고 잘 맞는 사람인가의 여부라고 봅니다. 결혼은 서로의 생각과 가치관과 여건과 조건이 다른 두 사람이, 보폭을 맞추어 걷듯 '조심조심 맞추어' 사는 것입니다. 그것이 행복으로 자박자박 걸어가는 발걸음입니다.

행복한 성취를 이룬 대부분의 사람들은 자신의 재능 가운데서 가장 뛰어난 것이 무엇인가를 알아내어, 그 재능을 집중적으로 계발하는 데 힘을 다 쏟은 사람들입니다. "모든 것은 각자 고유한 기능(재능. 재주. 탤런트)이 있고 그 기능을 잘 실현할 때 최선의 상태에 이를 수 있다."고 아리스토텔레스는 아테네학당에서 말했습니다. 최재천 교수는 『생명이 있는 것은 다 아름답다』에서 '알고 나면 사랑할 수밖에 없는 것이 우리들 심성'이라고 했습니다. 그렇습니다. 나를 알면 내가 나를 사랑하게 됩니다. 나의 재능을 알면 '나의 재능'을 '나 스스로'를 애지중지하면서, 어미가 새끼를 보듬고 키우듯 키웁니다. 충분한 사랑을 먹고 자란 생명체는 건강할 수밖에 없습니다. 우리에게 천부적으로 선물처럼 받은 재능을 알려고 노력하고, 그 재능을 잘 키우려고(실현. 성취. 이루어짐) 발버둥을 하고 몸부림칠 때, 재능은 새벽의 햇살로 내게 다가올 것입니다. 내가 나를 사랑하며 내 고유의 기능(재능)을 잘 발현해

(속에 있거나 숨은 것이 밖으로 나타나거나 그렇게 나타나게 함) 나갈 때, 비로소 나는 세상의 온갖 벽을 넘고 별이 되는 것입니다. 앞이 캄캄한 벽을 넘어야 세상에 빛나는 별이 됩니다.

재능을 찾는 객관적이고 과학적인 검사 방법으로는 다중지능적성검사 등이 많이 활용됩니다. 하버드대학교의 교육심리학과 교수인 하워드 가드너는 '다중지능이론'이라는 것을 주장하였습니다. 다중지능(MI)이란, "한 가지 혹은 그 이상의 문화권에서 가치 있는 산물(일정한 곳에서 생산되어 나오는 물건)을 생산하거나, 문제를 해결하는 능력으로서, 일상생활에서 직면하는 문제를 해결하는 능력, 해결해야 할 문제를 발견하는 능력, 문화 속에서 가치 있다고 인정되는 것을 만드는 능력 등을 의미한다."고 합니다. 결국, 다중지능이란, 현실 속에서 문제를 발견하고 그 문제를 스스로 해결하거나 가치가 있다고 인정할 만한 뭔가(산물)를 만드는 능력이라고 할 수 있겠습니다.

또한, 홍성훈은 『다중지능혁명』에서 "다중지능은 누구든 각자 갖고 있는 잠재능력을 최대한 계발하여 자아실현을 이룸으로써 모두가 행복하고 만족스러운 인생을 살아가는 데 큰 도움이 되는 지능이다."고 하며 "다중지능을 알면 아이의 미래가 달라진다."고 말했습니다. 여기서 우리가 분명히 알아야 할 것은 다중지능이론에서 '지능'은 IQ(지능지수. Intelligence Quotient)의 의미보다, '재능'에 가까운 개념입니다. 그래서 가드너는 '재능이 곧 지능'이라고 했습니다. "각자 갖고 있는 다양한 재능이 바로 지능이다."고 했습니다.

하나님께서 우리들 저마다에게 선물로 거저(그냥) 주신 '재능(탤런트. 달란트. 끼. 지능)'이 있습니다. 천부적인 재능(지능)은 누구에게나 있습니다. 먼저, 우리는 그 사실을 명심해야 합니다. 나에게도 하나님께서 주신 재능(지능)이 있습니다. 하워드 가드너 교수는 이러한 재능을 '지능'이라고 표현했습니다. 그리고 그 지능은 8~9가지 정도 되는데, 대부분의 사람들은 그 가운데서 2~3개 정도가 뛰어나다고 합니다. 그 뛰어난 지능을 강점지능(강점재능)이라고 합니다. 강점지능에 대한 집중이 자신을 영화롭게(몸이 귀하게 되어 이름이 세상에 빛날 만하다) 합니다.

우리는 저마다 하나님께서 선물로 거저 주신 것 재능(탤런트. 달란트. 끼)을 잘 계발하고 사용해야 합니다. 그래야 무엇보다 '돈과 힘'을 적게 들이고 공부하고, 또한 하고자 하는 일에서 성취와 성공을 이루기 쉽습니다. 하나님께서 저마다에게 재능을 주신 이유는 저마다에게 바라는 것이 있기 때문입니다. 하나님이 우리에게 바라는 것을 소명(召命. 부름)이라고 할 수 있습니다. 사전적 의미로 소명이란 '사람이 하나님의 일을 하도록 하나님의 부르심을 받는 일'입니다. 하나님이 우리를 불러서 맡기신 일이 소명입니다. 그 소명을 이루는 방편(수단과 방법)이 재능입니다. 하나님을 믿지 않는 분들의 소명은 '남을 위하는 삶'을 사는 것입니다. 물론 하나님께서는 하나님을 사랑하듯 네 이웃(세상)을 사랑하라고 하셨습니다.

하나님이 우리들 저마다에게 주신 재능으로 하나님의 일을 하든, 남을 위하는 일을 하든, 그렇게 사는 것이 의미 있고 행복한 삶이 될 것입니다. 필자는 개인적으로 배우기를 좋아합니다. 저의 삶의 기준 가운데 하나가 "배워서 남 주자."입니다. 저와 친한 분은 "벌어서 남 주자."입니다. 저는 배우려고 애쓰고, 그분은 벌려고 애씁니다. 배우든 벌든 그 방향과 도달점은 '남'입니다. 재능을 찾고 그 찾은 재능으로 직업과 직종에서 일정한 성취와 성공을 이루고, 그 성취로 소명을 감당하는 삶은 가을 사과처럼 맛과 향이 상큼합니다.

숲

초목이 우거져 어둑한 숲에도
손금처럼 길이 있다
누가 만든 길인지
길 이름이 뭔지
알 길 없지만
이유 없이 만든 길은 없습니다
그 이유를 따라 타박타박 걷다 보면
산과 시내를 만나고
자연과 사람을 만나고
세상을 만나고
낭떠러지와 꼭대기도 만나고
하나님도 만난다
누구든
숲에 가면 손금 보듯 골골샅샅이
길을 낸 이유를 생각하며 걸을 일이다

5월

5월은
비 갠 하늘의 햇살처럼
멋모르고 와작 베어 문 풋살구처럼
싱그럽습니다

5월은
갓 잡은 제주 은갈치처럼
기장 멸치 털 때처럼
파닥거립니다

5월은
수줍은 많은 소녀의 말간 웃음처럼
연초록 떡갈나무잎의 가는 떨림처럼
풋풋합니다

5월은
들판의 파릇한 보리처럼
텃밭의 푸릇한 쑥갓처럼
상큼합니다

풋내 물씬한
5월이
뒷산의 산꽃 같습니다.

강점지능, 다윗은 돌팔매질의 명수

강점은 '남보다 우세하거나 더 뛰어난 점'입니다. 장점 또는 주특기라고도 합니다. 주특기는 주된 특기(남이 가지지 못한 특별한 기술이나 기능)입니다. 남보다 우세하고 뛰어나며 남이 갖지 못한 것, 그것이 강점(장점)입니다.

성경 속의 다윗은 어린 시절 목동(양치기)이었습니다. 목동의 주된 임무는 양이나 염소 등과 같은 가축을 관리하는 것입니다. 가축을 먹이고, 우리(울타리의 안쪽)에서 풀밭으로 풀밭에서 우리로 몰고 다니고, 또한 늑대나 여우로부터 보호해야 하는 것입니다. 그러기 위해서 필요한 것이 있었습니다. 휘파람 소리를 내어 가축에게 신호를 보낼 수 있어야 하고, 항상 손에는 막대기나 지팡이를 들고 다녀야 하고, 더 멀리 있는 가축을 필요한 장소로 인도하기 위해서 주변의 돌멩이를 던지거나 새총을 사용하기도 했습니다.

"블레셋 사람(골리앗)이 일어나 다윗에게로 마주 가까이 올 때 다윗이 블레셋 사람을 향하여 빨리 달리며 손을 주머니에 넣어 돌을 가지고 물매(고대사회에서 돌멩이로 적을 공격할 때에 돌을 장전하는 데 사용하던 가죽이나 천으로 된 도구)로 던져 블레셋 사람의 이마를 치매 돌이 그의 이마에 박히니 땅에 엎드러지니라(개역개정판 성경의 사무엘상 17:48~49)", "주머니에 손을 넣어 돌을 하나 꺼낸 다음, 그 돌을 무릿매로 던져서, 그 블레셋 사람의 이마를 맞히었다. 골리앗이 이마에 돌을 맞고 땅바닥에 쓰러졌다(표준새번역 성경의 사무엘상 17:49)."

이러한 근거로 볼 때, 다윗이 골리앗과 싸울 때 손에 칼이 없었습니다. 골리앗을 블레셋의 싸움 돋우는 사람이라고 되어 있습니다. 소설

『삼국지』의 여포나 장비처럼 선봉장이라는 말이겠지요. 이스라엘과 블레셋(팔레스타인)의 전투에서 다윗은 이스라엘의 선봉장으로, 골리앗은 블레셋의 선봉장으로 나섰던 것입니다. 골리앗은 큰 덩치에 칼, 단창(짧은 창), 장창(긴 창)에 갑옷까지 입고 있었습니다. 그러나 다윗은 칼도 없이 손에 막대기(유목민은 막대기와 지팡이가 필수품) 하나 달랑 들고 있었고, 물매와 주머니에는 매끄러운 돌멩이 다섯 개가 있었습니다.

물매는 '슬링(sling)'이라고도 합니다. 네이버의 지식백과사전에 의하면, "슬링은 투석(投石) 끈이라고도 불리는 무기로서, 끈 가운데에 탄환을 싸는 가죽이나 천이 있고 그 끝에 끈이 붙어 있는데 마치 안대 같은 모양이다. 구조는 매우 간단해서 전체 길이는 1m가량이고 무게는 0.3㎏이 채 안 된다. 슬링은 기다란 가죽이나 천에 돌을 놓고 한 손으로 받쳐 든 뒤 다른 한 손으로는 끈의 양쪽 끝 중 한쪽을 둘째 손가락에 건다. 그리고 이 손에 또 다른 한쪽을 쥔 뒤에 돌받침의 역할을 했던 손을 떼고 머리 위에서 휘둘러 돌이 가속하게 되면 손을 놓는다. 그러면 가속이 붙은 돌이 표적을 향해 날아간다. 이렇게 사용하기 위해서는 약간의 훈련이 필요하지만, 돌을 날리는 정도라면 비교적 간단하게 습득할 수 있을 것이다. 하지만 이것으로 정확하게 상대를 맞히려면 상당한 숙달이 필요하다."고 되어 있습니다.

물매(슬링)는 가운데에 돌과 같은 탄환을 싸는 가죽과 천이 있고 그 양쪽으로 줄을 늘여서 그것을 잡고 머리 위에서 돌리다가 그 관성력과 가속성이 붙은 상태에서 한쪽 끈을 놓아서 그대로 돌을 날리는 무기였습니다. 물매를 다루는 기술은 양 떼를 몰거나 사자, 늑대 등과 같은 맹수들을 물리쳐야 했던 다윗과 같은 양치기들에게 꼭 필요했던 것으로 여겨집니다.

싸움을 할 때는 명분이 있어야 합니다. 다윗은 그가 믿던 '하나님'의 이름으로, 골리앗은 블레셋 신들의 이름으로 싸웠습니다. 그리고 고대 사회에서 싸움할 때는 욕을 하는 것이 기본입니다. 상대의 가장 소중한 존재를 모멸하는 것입니다. 욕은 상대방을 흥분시켜 판단력이 흐려지게 하여 싸움에서 유리하게 하기 위함입니다.

성경의 내용에 의하면, 먼저 자리를 박차고 일어난 사람은 골리앗이었다. 골리앗이 먼저 흥분한 것입니다. 먼저 흥분했다는 것은 싸움에서 질 가능성이 높은 것이겠지요. 이때 다윗은 잡고 있던 막대기를 놓고, 골리앗을 향해 뛰어나가면서 주머니에 몰래 감추어 두었던 돌멩이(짱돌?)를 물매로 미간(급소에 해당)을 정확하게 타격했습니다. 돌멩이가 이마에 박힌 골리앗은 혼절했고, 그 틈에 골리앗의 칼을 빼내어 그 칼로 골리앗을 죽였습니다.

필자가 다윗과 골리앗의 이야기를 장황하게 하는 이유는 일이든 경쟁이든 싸움이든 경기든 나의 강점지능(장점)으로 해야 승리하고 성공할 수 있다는 점을 강조하기 위해서입니다. 그리고 그 성공에는 결정적 계기가 있다는 것입니다. 블레셋 군대와의 싸움에서 전사한 사울왕(고대 이스라엘 민족의 초대 왕)이, 한때 죽으려고까지 했던 다윗에게 왕위를 계승할 수밖에 없었던 것도 역사적으로만 볼 때는 고대 이스라엘 백성들의 원수였던 블레셋 사람들(골리앗을 포함하여)을 격퇴하는 데 큰 공을 세워 이스라엘 백성들의 신망이 두터웠기 때문일 것입니다.

강점은 '남보다 우세하거나 더 뛰어난 점'입니다. 다윗은 자신의 강점으로 골리앗과 싸웠습니다. 다윗이 골리앗보다 뛰어난 점은 '빠르기(속도)'입니다. 싸움에서 '속도와 정확성'은 매우 중요합니다. 다윗은 '말단비대증'이라는 질병으로 거인이 된, 골리앗의 단점을 정확히 꿰뚫고 있었습니다. 먼저, 속도가 느리다는 것이고, 시력이 나쁘다는 것과 이마(미간)가 불쑥 튀어나왔다는 점 등입니다. 투구 및 갑옷으로 무장한 골리앗과 붙어서 싸우는 접근전으로는 승산(이길 수 있는 가능성)이 거의 없었습니다.

다윗은 원래 목동이었습니다. 검도를 해본 사람들은 알겠지만, 칼로써 전투를 할 정도가 되려면 오랜 숙련 기간이 필요합니다. 칼과 창은 목동 다윗이 자유자재로 사용할 수 있는 무기가 아니었습니다. 투구와 갑옷은 방어에는 유리하지만, 공격에는 불편한 장비입니다. 목동으로서 양 떼를 모는 과정에서 잘 단련된 체력과 돌팔매질(물매질)은 다윗의 가장 큰 강점이었습니다. 다윗은 자신의 강점으로써 골리앗의 단점을 빠른 속도로 파고들어 정확히 급소를 타격함으로써 이길 수 있었던 것입니다. 물론 그의 마음의 중심에는 그가 믿는 '하나님'과 이스라엘 백성들이 있었습니다. 그의 올바른 마음의 중심이 그가 이스라엘 최고의 왕이 되게 했을 것입니다.

다시 본론으로 돌아와, 삶이 간절한 사람은 동물적인 감각으로 나의 강점과 약점을, 장점과 단점을 압니다. 현재의 위치가 어딘지 분명하면 가야 할 방향도 선명해집니다. 마찬가지로 나의 강점과 장점을 알면, 내가 진학해야 할 학과와 가져야 할 직업과 직종이 보입니다. 그러기 위해서는 다소 비과학적이긴 하지만, 나만의 주파수를 찾기 위해 안테나를 이리저리 돌려보면 도움이 될 것 같습니다.

다음에서 말하는 내용들이 나의 내면(속, 심층)에서 기웃거리면 나의 강점지능일 가능성이 아주 높습니다. "시키지 않아도 스스로 알아서 한다. 중심이 있다. 하는 것을 즐긴다. 도무지 오래 한다. 이상하게 재미있다. 발전적이다. 불끈불끈 도전적이다. 나도 모르게 끌린다. 하면 힘이 난다. 방향이 분명하다. 목표가 구체적이고 선명하다. 간절하다. 모르면 스스로 배운다. 시간 가는 줄 모른다. 의욕이 생긴다. 하지 않으면 미칠 것 같다. 그냥 열심히 한다. 하면 행복하다. 누구에게 그것에 대해 막 이야기하고 싶다. 나도 모르게 관심과 눈길이 간다. 자석처럼 당긴다. 깊숙한 진정성(진실성)이 있다. 스스로 문제를 해결한다. 모르면 알려고 노력한다. 궁금해서 못 견딜 지경이다. 성실히 한다. 꾸준히 한다. 쉼 없이 한다. 호기심이 간다. 궁금하다. 꿈틀거린다. 심장이 벌렁벌렁 뛴다. 피가 끓는다. 느낄 수 있다. 갈증을 느낀다. 설렌다. 그립다. 누가 뭐래도 묵묵히 한다. 타인의 말에 아랑곳(참견, 개입)하지 않는다. 올인(all in)하고 싶다. 의욕이 철철 넘친다. 생기(싱싱하고 힘찬 기운)가 돈다. 생기가 발랄하다. 활기가 넘친다. 눈빛이 다르다." 이와 같은 단어들이 공통적으로 들어갈 수 있는 그 무엇이 있다면, 그것은 여러분의 재능, 적성, 흥미, 강점일 가능성이 매우 높습니다. 이런 일을 하면 가슴이 뛰고 쉽게 지치지 않으며, 어려움과 걸림이 있어도 뛰어넘고 이겨낼 가능성이 큽니다. 그리고 하는 일이 오래갑니다. 또한, 어떤 어려움이 닥쳐도 인내하고 이겨냅니다. 실수와 실패를 하더라도 포기하지 않습니다.

경영학자 피터 드러커는 "자신의 약점을 보완해 봐야 평균밖에 되지 않는다. 차라리 그 시간에 자신의 강점을 발견해 이를 특화(特化, 전문화)시켜 나가는 것이 21세기를 살아가는 지혜다. 약점을 보완하는 것이 강점을 더욱 강화하는 것보다 더 많은 기회비용이 든다."고 했습니다. 이처럼 전문가들은 한결같이 "약점(단점)을 보완하는 것보다 강점(장점)을 키우는 것이 더 현명한 삶의 전략이다."라고 말합니다.

다만 한 가지 꼭 주의해야 하는 것은 나의 약점과 단점이, 강점과 장점이 가는 길에 태클을 걸 정도가 되어서는 결코 안 된다는 사실입니다. 자신의 강점과 기질에 맞는 직업이 나에게 가장 유망한 직종입니다. 분명한 것은 나의 약점만 쳐다보고 남의 강점만 동경하면 결코 방도가 없다는 것입니다.

씨앗 속에는 생명이 있지만, 육안(맨눈)으로는 잘 보이지 않습니다. 마찬가지로 내 속에 있는 나만의 씨앗(강점)이 웅크리고 있습니다. 그것에 생명력을 불어넣을 사람은 나 자신뿐임을 명심해야 합니다. "재능(강점)에 열정을 더하라. 재능이 깃든 곳에 열정이 알을 품는다."고 했습니다. 자신이 하는 일에서 일정한 성과를 거두거나 성공하거나 승리하거나 그래서 행복해진 사람들은 한결같이(처음부터 끝까지 변함없이 꼭 같이) 자신이 타고난 재능과 강점을 분명히 알고, 그것에 생명력을 불어넣기 위해 열정(열성), 정열(가슴속에서 맹렬하게 일어나는 적극적인 감정)을 다 바쳤던 소박한 인간이었습니다. 그것이 그들의 생존방식이었습니다.

반면에, 다음과 같은 내용들이 나의 내면에서 서성대고 있으면 그것은 나의 취약점 또는 단점일 가능성이 높습니다. "하지 못하게 된 이유와 변명을 잘한다. 핑계를 댄다. 생각만 해도 머리가 아프다. 머리에서 쥐가 난다. 가슴이 답답하다. 멀미가 난다. 어지럽다. 자주 '아몰랑(아, 나도 모르겠어의 줄임말로 주로 곤란한 처지, 변명거리나 이유, 팩트가 없을 때 사용됨)'한다. 쉽게 포기한다. 별로 관심이 없다. 시큰둥하게(달갑지 아니하거나 못마땅하여 시들하다) 반응한다. 나도 모르게 몸과 머리에서 자꾸 밀어낸다. 할수록 힘들다. 짜증이 난다. 지겹다(넌더리가 날 정도로 지루하고 싫다). 에너지의 소진이 빠른 것 같다. 유심히 보지 않는다. 건성(진지한 자세나 성의 없이 대충하는 태도)으로 대한다. 회피하고 싶다. 외면하고 싶다. 정면으로 맞서기 싫다. 오래 하기 어렵다. 용기가 나지 않는다. 자신(自信. 어떤 일을 해낼 수 있다거나 어떤 일이 꼭 그렇게 되리라는 데 대하여 스스로 굳게 믿음. 또는 그런 믿음)이 없다. 여러 구실을 대며 변명한다."

　세상은 스스로 하는 것을 원합니다. 일은 누가 시켜서 하기보다 스스로 알아서 할 때 힘이 납니다. 힘이 나니까 힘이 적게 드는 것입니다. 뭐든 스스로 할 때 즐겁습니다. 대체로 강점지능으로 일을 하면 스스로 할 가능성이 높습니다. 강점지능으로 일하면 자신감 있게 할 수 있고 일이 재미가 있습니다. 강점지능으로 스스로 일을 알아서 그리고 찾아서 하니까 직장에서 인정받기 쉽습니다. 인정을 받으니 더 열심히 하게 되고, 일에 선순환(좋은 현상이 끊임없이 되풀이됨)이 일어나서 나도 모르게 내가 잘되는 것입니다.

　그와 반대로 약점과 단점으로 일을 하면, 한마디로 그 일이 싫습니다. 그러니 자발적으로 하지 않게 되고, 누가 억지로 강압적으로 시켜서 하는 일은 항상 힘보다 짜증이 먼저 나기 마련입니다. 일과 공부가 즐겁지 않습니다. 즐겁지 않고 짜증이 나니 일을 강압적으로(?) 시킨 '그 누구'를 탓할 가능성이 높습니다. 그렇게 되면 일로 인해 사람들과의 관계가 불편하게 되거나 나빠지게 됩니다. 관계가 불편하고 나빠지니 도와주는 이가 별로 없게 됩니다. 도와주는 이가 별로 없어 혼자서 전전긍긍해야 하니, 일(업무)이 더욱 힘들고, 일이 힘드니 관계는 더욱 악화되는 일과 관계의 악순환(나쁜 현상이 끊임없이 되풀이됨)이 생깁니다.

　목동이었던 다윗은 물매에 장전한 돌멩이로 골리앗과 싸워서 이겼습니다. 물매질(돌팔매질)은 늘 하던 것이었고, 그래서 그가 가장 잘할 수 있던 강점이었습니다. 마찬가지로 우리는 삶의 현장에서 나의 강점과 장점으로 승부수(판국의 승패를 좌우하는 결정적인 수)를 던져야 합니다. 나의 인생은 나의 것입니다. 누구나 한 번만 살다 갑니다. 이렇게 소중한 나의 인생을 부화뇌동(附和雷同. 자신의 뚜렷한 소신 없이 그저 남이 하는 대로 따라가는 것을 의미함)하며 남이 한다고 남이 잘된다고 그러니 나도 잘될 것 같다고 착각하고 사는 것은, 내 인생을 사는 것이 아니라 남의 인생을 사는 것입니다.

선택은 나의 몫입니다. 부화뇌동하는 것도 내가 선택한 것입니다. 태어난 것을 제외하고, 내가 선택하지 않은 나의 인생은 별로 없습니다. 선택은 반드시 결과를 동반합니다. 나에게 맞는 진정한 길을 찾고 끈질기게 그 길을 가라고 권합니다. 스스로 생각해서 판단하고 결정하여 자신의 책임 아래 행동하라고 말하고 싶습니다. 꿈을 성취하고 성공한 사람의 대부분은 자신의 강점으로 승부를 걸었습니다. 내가 잘하는 것이 나의 경쟁력이고, 나의 홈그라운드이고, 나만의 스펙입니다.

눈물

슬픔이 웅덩이처럼 고여 눈물이 됩니다.
기쁨이 너울처럼 몰려와 눈물을 이룹니다.
미움이 문신처럼 스며 눈물이 됩니다.
사랑이 박처럼 달려 눈물을 이룹니다.
괴로움이 산처럼 쌓여 눈물이 됩니다.
즐거움이 눈처럼 소복이 눈물을 이룹니다.
외로움이 젓갈처럼 절어서 눈물이 됩니다.
서러움이 화산처럼 복받쳐 눈물을 이룹니다.

어제도 오늘도 내일도
어느 후미진 한구석에서
기쁘고도 슬프고 미워하며 사랑이 된
괴롭고도 즐겁고 고독이 서러움이 된,
눈물이 울고 있습니다.
덩굴처럼 뒤엉켜 서로를 보듬은
눈물이 남몰래 훌쩍훌쩍 울고 있습니다
눈물이 찔찔 울고 있습니다.

나는 나다

나는 나다
어둠을 더듬더듬 더듬으며
나의 결을 좇아
나의 결을 따라
까칠한 삶을 대패질하며
사랑하고 사랑받으며
가리.

인성, 인간 됨됨이

인성이란 무엇인가?

인성은 인간만이 가진 속성입니다. 인성은 인간다움입니다. 인성(人性)이란 사람으로서 가져야 할 품성입니다. 품성은 성품이라고도 합니다. 즉, 인성이란 인간이 태어나면서부터 본래부터 타고난 성품, 본성을 말합니다. 인간만이 가진 속성이 인성입니다. 인성은 인간다움을 말합니다. 인간다움은 덕(德)을 나누는(分) 것입니다. 덕은 보탬을 말합니다. 덕을 나누는 것을, 보탬을 나누는 것을 덕분(德分)이라고 합니다. '~덕분에'는 나의 잘됨이 너로 말미암는다는 뜻입니다. '~때문에'는 나의 잘못됨이 너로 말미암는다는 뜻입니다. 인성은 사람이 동물과 구별되는 사람만이 가진 것입니다. 동물에게는 없는 것이 인성입니다.

인성의 기본은 자신을 소중하게 여기는 마음입니다. 또한, 자기 자신이 소중한 만큼 또 다른 나인, 남도 소중하게 여기는 태도입니다. 내가 소중한 만큼 남도 소중하다고 여기는 마음가짐이 인성입니다. 나와 너를 모두 소중하게 여기는 마음가짐과 그에 상응하는 행위를 하는 것이 인성입니다. 인성은 태어날 때부터 가지고 있지만, 그 속에 잠재되어 있는 것을 교육을 통하여 끄집어내야 합니다. 끄집어내어 육성시켜야 합니다. 길러야 합니다. 가르침과 육성에는 말과 행위가 필요합니다.

'~덕분에'를 말하는 사람에게 사람들이 모입니다. 그런 말을 하는 사람은 다른 사람들과의 관계가 좋고 원만합니다. '~때문에'를 남발하는 사람에게는 모이지 않습니다. 그런 사람은 다른 사람들과의 관계가 불편합니다. 그런 사람은 피합니다. 본능적으로 꺼립니다. 왜냐하면, 자신에게 덕이 되지 않기 때문입니다. "나는 너에게서 내가 된다." 는 말처럼 타인을 무시하고 남을 배려하지 않는 삶으로는 나도 제대로 살 수 없습니다.

인성교육이 필요한 이유는?

새는 두 날개가 있어야 하늘을 날 수 있습니다. 동전은 양면이 있어야 돈으로서 가치를 인정받을 수 있습니다. 사람에게서 인성(품성)과 지성(지식과 지혜, 창의성)은 새의 두 날개나 동전의 양면과 마찬가지입니다. 사람은 새의 두 날개처럼 인성과 지성을 겸할 때, 비로소 사람다워질 수 있는 것입니다.

인성과 지성이 풍요로운 사람은 관계가 원만합니다. 인성과 지성을 제대로 갖춘 사람은 사회적으로 성공하고 행복하게 삶을 영위할 가능성이 높습니다. 행복한 삶을, 그리고 건강한 삶을 사는 데 필요한 것이 올바른 인성과 남다른 지성입니다. 우리는 2016년을 보내면서, 남다른 법률 지식만을 가진 자가 얼마만큼 괴물이 되고, 국가와 국민에 해악(해로움과 악함)을 끼치는가를 캄캄한 밤하늘의 촛불처럼 명확히 보았습니다. 올바른 인성은 없고 뛰어난 지성만 가진 자는 쉽게 괴물이 됩니다. 역사적으로 봐도, 세상과 나라를 무너뜨리는 자는 항상 그릇된 인성과 남다른 지성을 가진 자였음을 일제강점기의 이완용을 통해 충분히 알 수 있습니다.

인성과 지성을 결속시켜 균형감 있는 비행이 가능하게 하는 연결고리가 감성입니다. 인성 못지않게, 지성과 감성의 발달도 병행해야 합니다. 감성은 공감 능력입니다. 공감 능력이 부족한 사람은 공동체와 연합하기 어렵습니다. 남과 화합하기 어렵습니다. 결국, 건강한 개인의 삶과 건강한 사회의 유지 및 발전에 필요한 것이 인성과 지성, 감성의 고양(북돋워서 높임)입니다. 행복한 개개인의 삶과 건강한 사회의 유지에 필요한 것이 인성 함양(능력이나 품성 따위를 길러 쌓거나 갖춤)입니다.

어떻게 인성교육을 할 것인가?

교육에서 중요한 것은 본보기입니다. 좋은 본보기는 좋은 결과를 낳습니다. 나쁜 본보기는 나쁜 결과를 낳습니다. 모든 동물은 본보기를 통해서 교육합니다. 모든 동물은 본뜨기(붕어빵틀처럼)를 통해서 생존 훈련을 시킵니다. 인성도 마찬가지입니다. 인성교육에서 가장 중요한 것은 부모님의 역할입니다. 가정에서 부모가 욕을 하고, 남을 무시하고 경멸하고, 약한 자를 멸시하고, 아내와 자식을 구타하고, 집기를 부수면서 좋은 인성을 가진 자식이 나오길 바란다면, 그것은 고욤나무를 심으면서 대봉감이 달리기를 바라는 것과 같은 이치입니다. 인성교육과 올바른 인성의 육성에 부모의 역할은 절대적입니다. 대봉감나무에 대봉감이 달립니다. 고욤나무에는 고욤이 달립니다.

부모의 메마른 말보다 영혼이 깃든 부모의 언행이 중요하다는 말입니다. 종두득두(種豆得豆), 즉 콩 심은 데 콩이 열립니다. 학교가 부모의 언행을 바꾸기는 쉽지 않습니다. 부모의 인성은 인과응보(因果應報. 원인과 결과는 서로 물고 물린다)로 연결됨을 부모가 빨리 깨달아야 합니다. 복인복과(福因福果. 좋은 일이 원인이 되어 좋은 결과를 얻음)로 연결됨을 깊이 인식하게 해야 합니다.

부모는 선은 선을 낳고 악은 악을 잉태함을 명확히 알아야 합니다. 자녀에 대한 부모님의 역할은 학교나 사회보다 더 중요합니다. 어려서 길들여진 입맛이 어른이 되어서도 지속되는 것처럼 인성은 어릴 때 가정에서 어떻게 습관화되는가에 따라 자녀의 평생을 좌우할 수 있습니다. 뿌리고 심는 대로 거두는 것이 자연과 세상의 이치입니다. 잘 뿌리고 잘 심어야 잘 거둡니다. 아울러 자연을 사랑하는 사람은 인간을 소중하게 여길 가능성이 높습니다. 동물과 식물을 사랑하는 사람은 사람을 사랑할 가능성이 높습니다. 때때로 동물은 사랑하나, 사람은 사랑하지 않는 사람이 있기도 합니다. 그런 사람은 사랑의 본질을 제대로 모르는 사람입니다. 나와 남은 다른 존재가 아니라, 나와 남이 서로 보이지 않는 여러 가지의 연결고리로 이어져 있음을 아는 사람은, 내가 소중한 만큼 남도 소중하게 여깁니다.

올바른 인성은 내가 소중한 만큼 남도 소중하게 여기고, 나를 사랑하는 만큼 또는 그 이상으로 남을 소중히 여기고 사랑하는 마음입니다. 자연을 가까이하고, 동물과 식물을 가까이하고, 시집이나 수필집 등을 가까이하고 그 속에서 인간의 소중함을 깨닫도록 배우고 교육할 필요가 있습니다.

무엇보다 중요한 것은 학생들의 공부로 인한 부담을 경감시키는 것입니다. 몸이 무거운 새인 타조와 거위는 날기를 포기했습니다. 새는 날기 위해 깃을 고르고, 뼛속까지 비웁니다. 여유와 겨를을 갖게 해야 합니다. 여유와 겨를 속에서 부모님은 자녀들과 대화해야 합니다. 때론 책이나 신문도 같이 읽어야 합니다. 책을 읽고, 신문을 읽고, 세상을 읽고, 자연을 읽고, 사람을 읽고, 그 읽고 배운 것을 자녀들과 나눌 겨를이 있을 때, 인성과 지성(창의성), 감성(공감력)은 저절로 육성됩니다. 부모님과 자녀의 진심 어린 대화, 교사와 학생의 진심 어린 대화와 소통에서 인성은, 인간다움은 시루의 콩나물처럼 무럭무럭 자라는 것입니다. 인성의 함양은 탁월한 생존의 전략입니다.

인생에 여백미가 없으면 그것은 독창적인 그림이 아니라 판박이 사진입니다. 세상은 인성(인간다움)과 지성(지식과 지혜, 창의성)과 감성(공감력)을 두루 갖춘 사람을, 인재를 찾고 있습니다. 그런 사람을 키우는 부모님은 명문가를 만들 것이고, 그런 사람을 키우는 학교는 명문교가 될 것입니다.

찔레꽃

창밖의 나팔꽃처럼 얼굴을 들이밀고
나 보란 듯 뽐낼 것이 어느 하나 없어
늘 중심에서 멀찍이 물러나
오솔한 산기슭이나 시냇가에 뒤뜰에
새색시처럼 수굿이 핀
하얀 찔레꽃은
장미처럼 곱고 세련된 꽃잎도
라일락같이 관능적인 향내도 없습니다
가시의 날카로운 공포 무릅쓰고
애써 한 걸음 다가가 킁킁대야
분내처럼 은은히 전해오는 자잘한 향기는
찔레만의 미학(美學)입니다
부족한 듯 가득한 것이 찔레의 매력입니다
도시의 울창한 빌딩 숲 속에서
찔레꽃 한 다발 가득 엮어
오월이 다 가기 전에
친구에게 선물하고 싶습니다

목적과 목표는, 명중과 과녁의 차이

활과 화살은 명중(표적의 한가운데를 맞춤)이 목적과 존재 이유입니다. 궁사(활잡이. 활을 쏘는 사람. 활을 만드는 사람)도 명중이 목적입니다. 따라서 궁사, 활, 화살은 늘 명중을 위해 표적(과녁)에 집중(몰두)합니다. 목적(目的)은 목표(目標)가 정한 과녁[的]입니다.

이처럼 활과 화살은 과녁을 맞히는 일이 목적입니다. 명중(적중)이 있으려면 표적이 있어야 합니다. 과녁이 없으면 적중(的中. 과녁에 맞음)도 없습니다. 과녁은 목표이고 적중은 목적입니다. 무엇을 '하고자' 하는 것은 목적입니다. 무엇이 '되고자' 하는 것은 목표입니다. 목적이 목표보다 상위의 개념입니다.

의사가 되는 것은 목표이고, 질병을 치료하는 것은 목적입니다. 잘 치료의 과정에서 수입이 생기고 생계도 유지되고 명성도 납니다. 반드시 그런 것은 아니지만, 환자를 치료하고자 하면 의사가 되어야 합니다. 세상의 일은 대체로 무엇을 하고자 하면 무엇이 되어야 합니다. 무엇이 되는 것은 합당하고 합법적이어야 합니다. 그래야 마음 편히 그 일을 할 수 있습니다.

오직 의사가 되는 것과 수입(돈)만이 목적이고 목표의 전부인 사람은, 본인 물론이고 환자와 그 가족 모두를 불행하게 할 가능성이 매우 높습니다. 그뿐만 아니라 그러한 사람의 의료 행위는 사회에 해악(해로움이 되는 나쁜 일)을 끼칠 가능성이 큽니다.

"서울대학교의 어떤 학과에 입학한다."는 것은 목표입니다. 목표는 구체적이고 단순명료하며 세밀할수록 좋습니다. 목표는 선명하고 분명하고 선이 굵을수록(성격이나 행동 따위가 대범하거나 통이 크다) 좋습니다.

그래야 흔들림이 적고 지속적일 수 있습니다. 물론 그런 사람은 별로 없겠지만, 서울대학교에 입학하는 것 자체를 인생의 목적으로 삼는 사람도 있을 수 있습니다. 그러나 그런 사람의 삶은 그리 밝지 않습니다.

뭔가를 이루려면, 이루고자 하는 생각(뜻. 마음. 정신)이 있어야 합니다. 그것을 흔히 '의식'이라고 합니다. 의식이란 감각(느낌)하거나 인식(사물을 분별하고 판단하여 앎)하는 모든 정신 작용을 말합니다. 목적을 이루고 싶으면 '목적의식'이 있어야 하고, 목표를 달성하고 싶으면 '목표의식'이 있어야 합니다. 목적을 이루고자 하는 마음가짐(인식)이 목적의식입니다. 목적을, 하고자 하는 이유를 분명히 알고 있는 것이 목적의식입니다. 목적의 찌(물고기가 낚시를 물면 이를 곧 알 수 있도록 낚싯줄에 매달아 물에 뜨게 한 물건)를 한순간이라도 놓치지 않는 것이, 목적의식이 분명한 삶입니다.

선한 목적의식이 분명한 사람의 삶은, 길든 짧든 아름답습니다. 손양원 목사님처럼, 이태석 신부님처럼, 법정 스님처럼, 선한 목적의식으로만, 분명하고 선명하게 사셨던 분들의 삶은 한 송이 장미입니다. 장미는 언제 시들까(꽃이나 풀 따위가 말라 생기가 없어지다) 염려하지 않습니다. 오직 살아 있는 동안 자신의 목적인 아름다움과 향기를 주기 위해 집중합니다. 장미는 그렇게 살아왔고, 또 그렇게 살고 있기에 소멸되지 않고 인간들의 사랑을 받으며 생존하고 번성하는 것입니다. 그것이 장미의 생존전략(생존방식)일지도 모르겠습니다.

산과 들판의 흐드러진 잡초도 마찬가지입니다. 결코, 목적의식을 놓는 일이 없습니다. 자신들이 이 땅에 씨 뿌려진 이유를 분명히 압니다. 그러기에 땅 위에 떨어지는 순간부터 새벽이슬 한 방울도 마다치 않고 다디달게 먹으며, 작열하는 태양에도 악착같이 뿌리를 뻗어 토양을 지킵니다. 잡초는 아무리 밟혀도 다시 살아납니다. 그래서 인생을 잡초에 비유하기도 하는 것입니다.

잡초가 살아야 토양이 살고, 그 토양에 더부살이(남에게 얹혀사는 일)하는 미생물과 생물도 살고, 인간도 사는 것입니다. 그래서 생명이 있는 것은 다 아름답다고 하는지도 모르겠습니다. 잡초처럼 이 세상에 존재하는 모든 것들은 각각의 쓰임새와 의미로 자연과 세상을 조화롭게 빛내며 살고 있는 것입니다. 우리의 현재 모습이 어떻든 저마다의 내면에는 보이지 않는 존재 이유와 목적이 있습니다. 저마다의 내면에는 보이지 않는 가치를 알처럼 품고 삽니다. 그 목적과 가치를 부화(알까기)시켜 어떤 모습으로 드러내는가는 온전히 여러분 자신의 몫입니다.

병원에서 수술한 환자가 의식이 돌아오느냐 마느냐는 매우 중요한 사항입니다. "의식(정신)이 돌아오다."는 깨어 살아 있다는 의미입니다. 목적의식이 있다는 것은 목적에 대한 생각(뜻)이 늘 살아 있는 상태를 말합니다. 동서고금을 막론하고 일가(一家. 여러 분야에서 독자적인 경지나 체계를 이룬 상태)를 이룬 사람들의 대부분은 목적의식이 분명한 사람들입니다.

명중(표적의 한가운데를 맞춤)시키고자 하는 목적의식이 분명한 사람은 아무리 과녁(표적)이 흔들려도 좌절하지 않고 집중합니다. 목표만 있는 삶은 헛헛(채워지지 아니한 허전한 느낌이 있다)합니다. 목적만 있는 삶은 공허(실속이 없이 헛됨)합니다. 따라서 우리의 삶은 목적과 목표의 균형이 필요합니다. 목적과 목표의 균형이 있는 삶은 방향성이 있고, 속도의 적절한 조절도 가능합니다. 목표의 존재 이유가 목적임을 잊지 않아야 합니다. 과녁의 존재 이유는 적중에 있습니다.

목적은 전략이고, 목표는 전술입니다. 목적과 전략은 상위개념이고, 목표와 전술은 하위개념입니다. 목적을 이루기 위해서는 목표가 있어야 합니다. 헌신적인 의사가 되는 것은 목적이고, 의대에 진학하는 것은 목표입니다. 전략은 목적을 위한 '방향' 설정이고, 전술은 목적과 목표에 필요한 '수단과 방법'입니다. 전쟁에서의 승리는 전략과 전술이 모두 필요합니다. 전쟁에서 이기기 위해 때로는 전투에서 일부러 질 수도 있습니다. 마찬가지로 나의 선한 목적을 이루기 위해서 때때로 목표는 바꿀 수도 있습니다. 또한, 목적이 분명하면 목표도 선명해집니다. 목적과 목표가 분명하고 선명할 때 삶은 방향성과 일정한 속도가 있습니다.

실존지능, 당신이 있기에 내가 있다

'다중지능이론'이란 하버드대학교의 교육심리학자인 하워드 가드너 교수가 주장한 교육 이론입니다. 이에 의하면, 사람의 지능(재능)은 크게 8가지의 영역(언어지능, 시각공간지능, 논리수학지능, 자연친화지능, 신체운동지능, 대인관계지능, 개인이해지능, 음악지능)으로 구성되어 있는데, 그중 선천적인 영향 혹은 후천적인 노력의 결과로 강한 지능(강점지능)이 있는가 하면, 상대적으로 약한 지능(약점지능)이 있다는 것입니다.

하워드 가드너 교수는 타고난 강점지능은 더욱 계발하고 부족한 약점지능은 보완하려고 노력하면, 건강하고 행복한 삶을 영위할 가능성이 높다고 말합니다. 그리고 아이의 강점지능을 계발하고 약점지능을 보완하는 데 있어, 가장 중요한 것은 부모의 관심과 관찰이라는 것입니다. 관심은 사랑의 별명입니다. 사랑하면 관심을 갖고 관찰하게 됩니다. 집착과 구별되는 관심이 사랑입니다.

8가지 다중지능이론 이후, 하워드 가드너가 '실존지능'이라 이름을 붙여서 추가적으로 제안한 지능이 '9번째 지능'입니다. 이소윤·이진주는 『9번째 지능』에서 다중지능이론의 9번째 지능이 '실존지능'이라고 했습니다. 실존지능('영성지능'이라고도 함)이란 "내가 지금 하고 있는 일이 타인과 세상에 어떤 영향을 미칠 수 있는지, 내가 이 세상에 왜 존재해야 하는지, 인류의 미래를 위해서 어떤 방향으로 가야 하는지 등을 말해줄 수 있는 것이다."라고 했습니다.

또한 "이처럼 9번째 지능이 잘 계발된 사람들은 보는 시각과 삶의 초점이 다르다. 문제만을 보지 않고, 사람이라면 마땅히 해야 할 도리에 대해 생각하게 한다. 우리 모두에게 내재되어 있는 참된 인간성이 살아나게 하며, 자신도 다른 사람들도 그렇게 살도록 만드는 것이다."
라고 했습니다.

'9번째 지능'의 역할은 다른 8가지 지능을 가장 선하고 올바르게 사용하도록 하는 데 있습니다. 따라서 8가지 다중지능과 함께하지 않는 9번째 지능이란 사실상 있을 수 없습니다. 즉, 다른 8가지 지능들을 완성시키는 지능이 9번째 지능입니다. 이것은 8가지 다중지능 중 어떤 사람이 몇 가지 지능과 9번째 지능이 만나면 자기 분야에서 뛰어난 인물이 될 뿐만 아니라 시대와 역사를 이끌어가는 사람이 될 수 있다는 뜻이기도 하다."고 했습니다.

정리를 하자면, 가드너의 다중지능이론 가운데 '9번째 지능'을 실존지능이라고 합니다. 여기서 지능이란 IQ가 아니라 재능이라는 뜻입니다. 가드너 교수는 인간은 누구나 8가지 정도의 재능을 갖고 있는데, 그 가운데 사람에 따라서 두세 가지 이상의 강점지능을 갖고 있다는 것입니다. 그 강점지능을 제대로 알고 전공과 직업에 연결시키면 성공적이고 행복한 삶을 영위할 가능성이 높다는 것입니다. '실존지능'은 저마다 가지고 있는 두세 가지 정도의 강점지능을 더욱 강화하고, 약점지능을 보완하며 남과 세상에 '덕이 되게' 할 수 있는 지능(재능)입니다.

남과 세상에 선한 영향을 끼치겠다는 마음씨, 즉 이타적(利他的)인 마음을 갖고 사는 사람은 자신이 선천적, 후천적으로 가진 나머지 8가지 지능을 최대한 발휘할 가능성이 높다는 것입니다.

이처럼 9번째 지능(실존지능 또는 영성지능)은 인간 존재의 이유나 참 행복의 의미 등 삶의 근원적인 가치를 추구하는 능력을 말합니다. "인간은 왜 사는가? 인간은 어디서 왔다가 어디로 가는가? 인간은 왜 싸움을 하는가? 인간은 어떤 삶을 살아야 하는가?" 등의 질문은 논리·

수학적 지능이나 언어지능이 높다고 해서 풀 수 있는 것이 아닙니다. 인간의 이타성은 내 삶을 성공적이고 행복하게 이끌 수 있는 수준 높은 생존전략입니다. 살아 있는 것들은 나름의 생존전략(생존방식)이 있습니다. 실존지능도 그중의 하나입니다.

실존지능이 높은 사람들은 대부분 정서적 안정감이 높다고 합니다. 따라서 실존지능이 높은 사람과 함께 있는 사람들도 편안함을 느낀다고 합니다. 실존지능이 높은 사람은 타인을 이해하고 공감하는 능력이 뛰어나며 사회정의를 추구한다고 합니다. 프랑수아 드 라 로슈푸코라는 사람은 정의로운 사람이란 '남의 이익을 자기 이익처럼 여기는 사람'이라고 했습니다.

실존지능이 높은 사람은 성공보다 행복을, 성취보다 의미와 가치를 추구하는 삶을 삽니다. 실존지능이 높은 사람은 '나와 남을' 동일한 시선으로 바라보는 사람입니다. 실존지능이 높은 사람은 승자독식보다 패자부활에 관심이 많습니다. 실존지능이 높은 사람은 나와 남의 강점지능을 본능적으로 간파하고, 그것을 계발하고, 그것에 집중하며, 그것을 잘 활용하는 사람입니다. 그러니 실존지능이 높은 사람에게 사람이 모이고, 그런 사람을 따를 수밖에 없는 것입니다. 그런 사람이 공동체의 리더가 되는 것은 당연한 이치입니다. 인류의 역사는 실존지능이 높은 인물들로 인해 발전해 왔다고 해도 지나친 말이 아닐 것입니다. 결국, 성공과 성취, 행복이란 자신이 가장 잘할 수 있는 능력(강점지능)을, 가장 가치(의미) 있는 일(실존지능)에 사용하며 기쁨을 느끼며 사는 것이 아닐는지요.

우리는 아이의 다중지능을 어떻게 키워주는가도 중요하지만, 아이가 그 지능(재능)을 가지고 앞으로 세상에서 어떻게 자신의 자리를 찾으며 가치 있는 일을 할지 가르치는 것도 중요합니다. 결국, 남과 세상에 선한 영향을 끼치겠다는 마음씨, 즉 이타적(자기의 이익보다는 다른 이의 이익을 더 꾀하는) 마음을 갖고 사는 사람은 자신이 선천적, 후천적으로 가진 나머지 8가지 지능을 최대한 발휘할 가능성이 높다는 것입니다.

설혹 어떤 사람이 8가지 모두를 강점지능으로 갖고 있다고 할지라도 실존지능이 없거나 부족하면 그 강점지능을 다 이루고 살기 어렵다는 것입니다. 세상은 나만 살아가는 곳이 아닙니다. 남도 함께 살아갑니다. 인간은 왜 더불어 살아야 하는가? 이유는 간단합니다. 혼자서는 살 수 없기 때문입니다. 군집생활(무리생활)을 하는 모든 생명체는 더불어 사는 것이 가장 지혜롭고, 생존과 종족 보존에 유리하다는 것을 오랜 경험을 통해 유전자로 인식하기 때문입니다. 실존지능의 핵심은 "내가 있으니 네가 있다는 것이 아니라, 네가 있으니 내가 있다."는 것입니다.

이소윤·이진주는 『9번째 지능』에서 "아이의 9번째 지능은 부모가 이끈다."고 했습니다. 또한, 조세핀 김 교수의 말을 인용하여, "영성교육은 전적으로 부모가 씨를 뿌려야 하는 교육이다. 어렸을 때부터 세상과 자연, 인간과 삶에 대해 많은 대화를 나누면서 아이가 자신의 삶을 넘어 이웃과 세상, 과거와 미래를 볼 수 있도록 해야 한다."고 했습니다. 부모의 언행과 삶의 모습을 보고 자녀는 그대로 따릅니다. 부모의 이타적인 삶을 보고 자녀도 닮아가는 것입니다. 립싱크하듯 입으로만, 말로만 하는 교육은 누구나 할 수 있습니다.

부모의 이타적 삶의 중심에 공감이 있습니다. 공감이란 남의 감정, 의견, 주장 따위에 대하여 자기도 그렇다고 느끼는 것입니다. 공감능력은 타인의 감정과 상황, 입장, 처지 등을 이해하는 능력입니다. 나와 남을 동일시하는 능력입니다. 공감능력은 관계의 핵심입니다. 공감능력이 뛰어난 사람은 인간관계가 좋습니다. 어쩌면 사람은 실력보다 관계력이 더 중요할지도 모릅니다.

장례식장에서 가장 공감을 잘하는 방법은 돌아가신 분을 생각하며 상주(喪主)보다 더 서글피 우는 것입니다. 결혼식장에서 가장 공감을 잘하는 방법은 혼주(婚主)보다 더 많이 축복하고 축하하는 것입니다. 대체로 직장생활에서 많은 사람들이 업무보다 인간관계 때문에 힘들어하는 경우가 많습니다. 관계력이 뛰어난 사람은 적응력도 뛰어납니다. 관계, 적응, 생활, 생존의 중심에 바로 '공감'이 있습니다. 그래서인지, 이소윤·이진주는『9번째 지능』에서 '9번째 지능은 공감능력이라는 말을 타고 달리는 경주'라고 했습니다. 한상복의『필요한 사람인가』에서 관계란 엄밀하게 보면 '주고받는 것'이라고 했습니다. 다른 이를 위해서 나의 가치(값어치 있는 것) 중의 일부를 희생하지 않으면 얻을 수 없다고 했습니다.

'실존지능(영성지능)'은 기본적으로 나 자신을 돌아보고 나를 변화시킬 뿐만 아니라 다른 사람을 변화시키는 능력입니다. 다른 사람을 변화시키려면 그들에게 관심을 가져야 합니다. 집착이 아닌 소소한 관심이 너와 나를 덕되게 합니다.

아프리카 반투족의 말 중에 '우분트(UBUNTU)'라는 말이 있는데, 그것은 "I am because you are.", 즉 "당신이 있기에 내가 있다."는 뜻입니다. 그것이 바로 실존지능의 핵심이라고 봅니다.

아니다

바다는
고래와 상어만 사는 곳이 아니다
고래와 상어만이 물 만난 곳은 바다가 아니다
그래서 새우도 멸치도 산다
아프리카 세렝게티 초원은
사자와 표범만 사는 곳이 아니다
사자와 표범만이 으르렁대는 곳은 세렝게티가 아니다
그래서 개미도 개미핥기도 산다
몽골 초원은
늑대와 독수리만 사는 곳이 아니다
송곳니와 발톱만 난무하는 곳은 초원이 아니다
그래서 토끼도 풀도 산다
북극은
북극곰만 사는 곳이 아니다
북극곰만 어슬렁대는 곳은 북극이 아니다
그래서 북극제비도 산다

남극은

펭귄만이 사는 곳이 아니다

펭귄만 오종종 모인 곳은 남극이 아니다

그래서, 바다표범도 산다

2부
세상을 제대로 알고

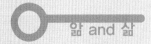

배움,
죽기 직전까지
해야 하는 것

배움에 대하여

누구나 다 공부를 잘할 수 없습니다. 모두 다 공부를 잘할 수도 없습니다. 모두 다 공부를 잘할 필요도 없습니다. 모두 다 공부를 잘하면 좋겠지만, 우리 모두는 모두 다 공부를 잘할 수 없음을 너무나 잘 압니다.

공부는 일종의 '기능'입니다. 공부는 일종의 '재능'입니다. 돈을 잘 버는 것도 일종의 '재능'입니다. 공부를 잘하는 사람도 있고, 돈을 특별히 잘 버는 사람도 있습니다. 세상엔 특별히 많이 배우지 못했어도 돈을 유별나게 잘 버는 사람이 있고, 공부를 특별히 잘했어도 돈은 유별나게 못 버는 사람이 있습니다.

'성적'보다 자신의 타고난 '적성과 재능'을 찾아서, 그 적성과 재능에 맞게, 그 적성과 재능을 따라 공부하는 것이 최선의 공부 전략입니다. 인생을 복잡하게 살기보다, 간단하고 명료한 방법으로, 단순하지만 쉽고 재미난 길을 찾기 바랍니다. 공부는 학창 시절에 다 끝나는 것이 아닙니다. 시험을 잘 치는 것이 공부의 전부는 아닙니다. 죽기 직전까지 삶에 필요한 것을 배우는 것이 바로 '공부'입니다. 배우지 않는 생명체는 생존이 불가능합니다.

'나'만의 길에서 '배움'을 포기하거나 소홀히 하는 사람은 크고 작은 정도의 차이는 있겠지만, 반드시 그 대가를 치르기 마련입니다. '공부, 배움'은 죽기 직전까지 해야 하는 것입니다. 따라서 너무 조급하게 서둘지 않기를 바랍니다. 다만 '때'만 놓치지 않으면 됩니다. 둥지를 박차고 힘껏 날아오르는 것이 '두려워' 주저주저하고 멈칫멈칫하며, 날기 위한 날갯짓을 끊임없이 '반복'하는 것을 게을리 하는 어린 새는, 결코 맑고 푸른 하늘을 자유롭게 비행하는 행복을 만끽할 수 없습니다.

공부는 나와 네가 행복하기 위해서 하는 것입니다. 그것이 배움이 즐거워야 하는 이유입니다. 요즘 대부분의 청년들이 처한 얼음장 같은 현실은 '절망'과 '포기'와 '절벽'의 연속입니다. 수많은 자기계발서가 쏟아지지만 까마득한 절벽의 끝자락에 선 그들에게는, 허기진 자에게 불쑥 내민 솜사탕 막대 하나와 같은 것에 불과할 수도 있습니다. 필자가 쓴 이 책도 그 범위를 벗어나기 어려울 것입니다. 하지만 분명한 것은 그 절벽의 끝자락에서도 우린 살아야 한다는 것입니다.

살기 위해서, 생존하기 위해서, 우린 본능적으로 나만의 '사다리'를 찾아야 합니다. 사다리는 어딘가에 기대거나 매달아서 높은 곳과 낮은 곳 사이를 디디면서 오르고 내릴 수 있도록 만든 도구를 말합니다. 1%의 기득권층이 오를 때 사용하고 차버린 사다리가 아니라, 그들이 갖지 못한 나만의 사다리가 분명히 있을 것입니다. 그 사다리를 찾아서 기를 쓰고 살아남아야 합니다. 생존해야 합니다. 생명을 가진 존재는 누구나 생존의 의지가 있습니다. 모든 살아 있는 생명체는 자신이 살아야 할 이유와 살아 있는 이유를 스스로 찾고 만들어 낸 덕분에 지금도 살아 있는 것입니다. 인간도 마찬가지입니다. 남다른 나만의 사다리, 남다른 나만의 전문성, 남다른 나만의 특별함, 남다른 나만의 생각과 아이디어, 남다른 나만의 직업과 일은 나의 생존과 직결되어 있습니다.

그러기 위해서 그래도 가장 보편타당한(특별하지 않고 형편이나 사리에 맞아 적당하다), 방법은 '배움'입니다. 배움은 스카이다이버들이 비행기에서 뛰어내릴 때, 등에 멘 낙하산 같은 것입니다. 배우려 하지 않거나 배움을 포기하는 행위는 아득한 하늘에서 낙하산 없이 뛰어내리는 것과 마찬가지의 이치입니다.

문요한은『스스로 살아가는 힘』의 "어떤 목표가 열정을 만드는가?"에서 "우리는 반복하면 쉽게 지루해한다. 즐거움을 느끼는 도파민이 반복적인 활동에는 잘 분비되지 않고 새로운 자극을 줄 때만 분비되기 때문이다. 특히 요즘 아이들처럼 수많은 것에 노출되어 있는 경우에는 유난히 더 반복적인 활동에 흥미를 잃기 쉽다. 그러나 어떤 분야라 하더라도 반복을 통해 실력을 쌓고 이를 통해 발전적 시도를 해나가는 것이 실력 향상과 전문성 발달의 공통점이다. 그렇다면 전문가들은 이 지루한 반복을 어떻게 견디는 것일까? 여러 가지 요소가 있겠지만 흥미로운 것은 실력이 늘면 반복적인 연습을 견딜 수 있는 능력도 커진다는 사실이다. 음악에서는 이를 '이삭스턴 규칙'이라고 한다. 반복을 통해 어느 순간 실력이 향상된다는 느낌을 받을 때, 우리는 그 무엇과 바꿀 수 없는 만족감을 느낀다."고 했습니다. 음악에서 '이삭스턴(Issac Stern) 규칙'이란 말이 있습니다. 이는 위대한 바이올린 연주자인 이삭스

턴이 말한 것으로 바이올린 기법이 좋아질수록 반복 연주를 지루해하지 않고 오래 할 수 있는 끈기가 생긴다는 것입니다. 창의는 반복에서 나옵니다. 반복을 지루해하지 않고 즐거워하는 방법은 반복 과정에서 기술과 실력이 조금씩 향상된다는 것을 스스로 느끼는 것입니다.

공부란?

『학교가 알려주지 않는 45』에서 고진석은 이렇게 말했습니다. "이 책에서 말하고자 하는 것은 두 가지다. 첫째, 가난한 사람이 공부해서 성공하기란 갈수록 힘겨워지고 있다. 둘째, 그럼에도 불구하고 공부밖에 답이 없다." 맞습니다. 그의 말처럼 공부를 한다고 반드시 좋은 대학을 가고 성공하는 것은 아니지만, 만약 공부마저도 하지 않으면 자본주의 사회(필자 생각에는 승자독식의 신자유주의 사회)에서 최하층민으로 살아갈 수도 있습니다. 그가 말하는 공부란 "자신이 무엇이 되고 싶은지, 무엇을 하고 싶은지, 그리고 그것을 이루려면 어떻게 해야 하는지 배우고 준비하는 과정이다."라고 했습니다. 무엇을 하려면 무엇이 되어야 하고, 무엇이 되려면 무엇을 배워야 합니다. 노래를 잘 부르는 인기 가수가 되고 싶다면 가수가 되어야 합니다. 인기를 얻으려면 어떻게 해야 하는지 배워야 합니다. 노래를 잘하려면 노래를 제대로 배워야 합니다. 배우지 않고 되는 것은 없습니다.

세상과 삶은 언제나 엉클어진 실타래처럼 복잡합니다. 세상과 삶은 언제나 자욱한 안갯속 그 자체입니다. 해무가 자욱한 저녁 바다처럼 좀체 그 모습을 선명히 보여주지 않습니다. 그 복잡함과 어둑함 속에서 많은 사람들은 갈 길을 잃고 방황하거나 희망을 거두기도 합니다. 그 복잡함과 어둑함을 단순하고 선명하게 하여, 실행하는 것이 지혜입니다. 지식이 모여 지혜가 됩니다. 지식을 모아 지혜를 만들고, 그 지혜로서 복잡함을 단순함으로 만드는 지름길은 배움, 공부입니다.

공부란 배움입니다. 배움이 없는 인생은 성장하지 않습니다. 세상을 이해하고 그럼으로써 자기를 알아가는 빛나는 과정을 공부라 부른다면, 공부하지 않는 인생, 배움이 없는 인생은 어둑한 인생입니다. 모든 생존의 중심에는 배움이 있습니다. 공부와 배움은 가장 현명한 생존 방식입니다.

왜 공부를 해야 하는가?

　공부를 가장 잘하는 방법은 저마다 공부의 달인, 공부의 신(神), 즉 '공신(工神)'마다 그 비법이 있겠지요. 하지만 공부를 쉽게 잘하는 방법을 한 가지만 말하라면, "공부를 왜 해야 하는가를 분명히 안다."일 것입니다. 공부하는 이유와 목적을 알아야 공부를 할 것입니다. 여행을 가는데 왜 가는지 알아야 가야 할 지역이나 장소가 정해지고, 그래야 가야 할 방향이 생길 것입니다.

　무엇이 되는 것은, 무엇을 하는 것을 전제(먼저 내세우는 것)로 합니다. 변호사가 되는 것은 변호(남의 이익을 위하여 변명하고 감싸서 도와줌)하기 위함인 것처럼, 무엇을 하는 것은 무엇이 되는 것입니다. 설혹 그것이 돈이든 꿈의 실현이든 자아의 발현이든 누구를 위한 것이든 마찬가지입니다. 공부하는 이유가 분명한 사람은 공부에 즐겁게 집중하게 되고, 집중해서 즐겁게 하면 공부는 저절로 잘되기 마련입니다. '즐겁게'가 비결입니다.

　유명한 맛집의 공통점은 신선한 최고의 식재료를 넉넉히 사용하는 것이고, 돈보다 오직 손님을 생각합니다. 더 좋은 맛과 영양을 위해서 끊임없이 배우고 공부하고 찾습니다. 그 과정에서 그들만의 비법이 만들어집니다. 그리고 그 비법으로 종일 또는 밤을 새워 전심(온 마음)으로 손님만을 생각하며 고단하고 힘듦도 감내(즐겁게 이겨냄)합니다. 손님이 음식점을 찾는 초점은 맛과 영양(건강), 그리고 돈(값)입니다. 돈(값)에 대비해서 맛과 영양이 뛰어나다고 생각하면 줄을 서서라도 기다리고 먹습니다. 그 음식점을 찾고 또 찾습니다. 손님이 오면 돈을 저절로 따라서 오는 것입니다.

그러나 실패한 음식점의 대다수는 오직 돈을 생각합니다. 손님은 본능적으로 압니다. 돈에 대비(서로 비교하여 차이를 드러내다)해서 맛과 영양이 떨어진다고 생각하면 다시는 가지 않습니다. 성공한 음식점과 그렇지 못한 음식점의 차이는 간단하고 명료합니다. 손님의 더 좋은 맛과 건강을 위해서, 즐겁게 힘써 배우고 힘써 배우지 않는다는 점과 초점이 손님이냐 돈이냐입니다. 시작부터 다릅니다. 시작이 다르니, 결과도 다를 수밖에 없는 것입니다. 그렇습니다. 공부를 왜 하느냐고 묻는 것은, 영양 가득한 맛집과 그렇지 않은 음식점의 차이를 모르고 그냥 밥만 먹는 것입니다. 그러고 나서 밥은 왜 먹는가 묻는 것과 같습니다. 뭘 하든 일생을 배움으로 일관(처음의 방법이나 태도, 마음 자세를 바꾸지 아니하고 끝까지 밀고 나감)해야 합니다.

유명한 맛집의 주인도 돈을 버는 것이 주된 이유와 목적입니다. 하지만 그들은 돈보다 손님의 건강과 입맛에 포인트를 맞춥니다. '호리(毫釐) 불근(不勤)이면, 천리(千里) 착오(錯誤)'라는 말이 있습니다. "처음 시작할 때 털끝만큼이라도 잘못하면, 뒤에는 천 리에 이르는 오차가 생긴다."는 뜻입니다. 공부의 첫 단추를 잘 끼워야 하겠습니다. 다시 한번 말하지만, 학교에서 하는 공부는, 공부의 극히 일부에 불과합니다.

공부는 평생 해야 하는 것입니다. 미국의 대통령 루스벨트는 이렇게 말했습니다. "성공한 사람은 천재가 아니라 자신의 평범한 재능을 평범한 수준 이상으로 발전시킨 사람일 뿐이다." 그 성공의 중심에 공부와 배움이 있었습니다.

김진애는 『왜 공부하는가』에서 공부를 '인생에서 가장 뜨겁게 물어야 할 질문'이라고 했습니다. 사이토 다카시는 『내가 공부하는 이유』에서 "그 어떤 순간에도 후회 없는 삶을 사는 방법은 오직 공부뿐이다."라고 했습니다. 세상에 쓸모없는 공부는 없습니다. 공부하는 사람과 공부하지 않는 사람의 미래는 완전히 다릅니다. 어느 분야에서든 최고의 자리에 오른 사람들은, 유명한 맛집의 주인처럼 자신의 재능이나 위치에 만족하지 않고 끊임없이 더 나아지기 위해 배우는 것을 게을리하지 않은 공통점을 가지고 있습니다. 즐겁게 연구하고 배운다는 비법 아닌 비법이 있습니다.

사이토 다카시는 공부를 "그게 어떤 종류의 공부가 됐든 일과 삶의 성장을 위한 동력이 되는 것만은 분명하다."고 했습니다. 그렇습니다. "왜 공부를 해야 하는가?"는 누구든 인생을 살면서 뜨겁게 물어야 할 질문으로서, 그 질문에 대한 나만의 대답을 얻기 위해서 여행, 체험, 책 등을 통해 공부해야 합니다. 공부를 통해서 "왜 공부를 해야 하는가?"에 대한 대답을, 자문자답(자기 스스로 묻고 스스로 대답함)할 수 있을 때, 공부가 인생에서 매우 중요함을 절실히 깨닫게 됩니다. 그리고 그 깨달음을 실행으로 옮겼을 때 공부는 내 일과 삶의 강력한 성장 동력이 될 수 있습니다.

더 나은 나를 만들기 위해서, 여러분의 인생이 지금보다 성장하고 진화하길 원한다면 지금 당장 공부를 시작하라고 말하고 싶습니다.

인간이 가장 지혜롭게 사는 삶의 전략은 공부입니다. 공부(배움)는 가장 손쉬운 생존 전략입니다. 여기서 말하는 공부는 자기 자신이 살아가는 데 필요한 모든 것을 배우는 것입니다. 학교에서 배우는 것은 공부의 일부분에 불과합니다. 플라톤은 "만약 한 사람이 교육을 소홀히 한다면, 그는 생(生)이 다할 때까지 한 발을 절며 걷는 것이다."라고 했습니다. 그렇습니다. 공부는 살기 위해서 하는 것입니다. 공부는 그냥 살기 위해서가 아니라 행복하고 지혜롭게 살기 위해서 하는 것입니다. 플라톤의 지적처럼 배우지 않으면, 죽을 때까지 인생을 절름거리며 살아야 합니다.

따라서 공부는 '하고 하지 않고의 문제'가 아니라 반드시 해야 하는 것입니다. 공부는 선택사항이 아니라 필수사항입니다. 공부는 보석과 같은 사치품이 아니라 고기와 같은 필수품입니다. 태어난 이후, 독립을 위한 양육 기간이 가장 긴 인류(인간)가 만물의 영장(사람. 우두머리)이 될 수 있었던 것도 공부(배움) 덕분입니다. 공부를 통해서 '나만의 답'을 찾기 바랍니다.

『논어』의 '애지욕기생', 즉 "누군가를 사랑한다는 것은, 그 사람이 살아가도록 하는 것이다."라는 말처럼, 나와 남을 세상을 사랑한다면 나와 남을 세상을 살게끔 하려면 공부해야 합니다. 이것은 동서고금을 막론하고 신분과 지위의 고하를 막론하고 선진(어떤 분야에서 앞선 사람)들이 삶으로 체득하여 내린 황금률(변할 수 없는 교훈) 같은 결론입니다.

리터러시로
정보의 생산자가 되자

'리터러시(literacy)'는 읽고 이해하고 쓰는 능력을 말합니다. 읽기력(이해력 포함)과 쓰기력을 합쳐서 '리터러시'라고 합니다. 요즘 어른, 아이 할 것이 스마트폰이 손에 없으면 불안을 느끼는 스마트폰 강박 시대에 우린 살고 있습니다. 스마트폰이 우리를 편리한 삶을 살게 하는 데 많은 도움을 주고 있는 것은 부인할 수 없는 사실입니다. 모르면 불편하고 알면 편리한 문명의 이기(실용에 편리한 기계나 기구), 스마트폰은 이제 우리들의 친구가 되었습니다.

이처럼 친구가 되기도 가족이 되기도 심지어 신체의 일부도 되어가는 스마트폰으로 할 수 있는 것들이 무수히 많지만, 그 가운데 대표적인 것이 SNS의 사용일 것입니다. SNS란, 잘 아는 것처럼 Social Network Service(사회 관계망 서비스)의 줄임말로 특정한 관심이나 활동을 공유하는 사람들 사이의 관계를 구축해 주는 온라인 서비스입니다. 카카오톡, 트위터, 페이스북 등은 대표적인 SNS입니다. 우리는 하루 중 상당한 시간을 SNS를 활용하여 서로 간에 의사소통을 하고 있습니다. SNS상에서 오가는 정보의 대부분은 영상과 이미지, 글입니다. 그러한 정보에는 본인이 직접 생산한 것도 있지만, 다른 사람이 생산한 것을 퍼 오거나 퍼 나르는 경우가 많습니다.

오가는 정보에는 가치 있고 심금(외부의 자극에 따라 미묘하게 움직이는 마음)을 울리는 것들도 있지만, 때때로 쓰레기에 가까운 정보들도 있습니다. SNS상에서 오가는 정보가 영상이든 이미지든 글이든 가치가 있든 없든 심금을 울리든 그렇지 않든 보물이든 쓰레기든, 전달의 목적은 '소통'일 것입니다. 그 소통이 일방이든 쌍방이든 전달의 목적은 소통일 것입니다.

뭐든 막힌 것은, 즉 불통은 고통을 동반합니다. 그래서 소통(疏通)이 필요한 것입니다. 소통이란 막히지 않고 트여 잘 통하는 것을 말합니다. 글을 읽고 글을 짓고 쓰는 것은 소통에 필요한 메시지를 전달함이 목적입니다. 메시지란 전하는 말, 전갈, 의도, 교훈, 전보 내용 등을 의미합니다. 미디어의 핵심은 메시지 전달입니다. "메시지가 미디어다." 라고 말하기도 합니다. 영상이든 소리든 말이든 글이든 매체(매개체)는 메시지의 전달이 핵심입니다.

글을 읽고 글을 짓고(꾸미고, 기획하고) 글을 쓰는 이유와 목적은 다양하겠지만, 그 핵심은 소통입니다. 불통인 나와 나, 불통인 나와 너, 불통인 사회, 불통인 세상, 불통인 사람, 불통인 가정, 불통인 삶과 인생, 불통인 인간과 자연 등과 막힌 것을 틔우고 열어 교통이 되도록 하는, 소통의 조력자, 주재자, 해결자, 중재자의 역할을 글이 하는 것입니다.

미디어는 인간과 세상을 연결하는 도구이면서, 인간과 인간을 연결하는 도구입니다. 말과 글처럼 사람들 간의 의사소통 수단을 '미디어' 라고 합니다. 미디어는 의사소통의 도구입니다. 미디어가 바뀌면 의사

소통 방식이 달라지고, 이를 통해 문화가 달라집니다. 신문, 잡지, 라디오, 영화, 텔레비전 등 전통적 대중매체는 소수의 전문 제작자가 만든 정보를 다수의 대중에게 전달했습니다.

전통 미디어에서는 정보의 생산자와 소비자가 명확히 구분되고, 의사소통의 흐름이 일방적인 편이었습니다. 그러나 인터넷, 스마트폰, 쌍방향 텔레비전 등의 뉴미디어는 불특정 다수가 정보의 생산자인 동시에 소비자가 될 수 있습니다. 리터러시를 통해서 정보의 생산자가 될 수 있습니다. 리터러시를 통해 정보의 생산자가 되고, 소통의 조력자, 주재자가 되어 주체적인 삶을 살 수 있습니다. 리터러시는 배움과 공부를 주체적으로 이끄는 데 중요한 역할을 합니다.

리터러시란 문자화된 정보(글)를 읽고 쓰는 능력을 말합니다. 오늘날에는 영상이든, 이미지든, 글이든 주어진 정보를 읽고(습득하여 이해하고) 새로운 정보를 만들어 낼 수 있는 능력이 리터러시입니다. 리터러시의 종류도 많습니다. 디지털 리터러시, 게임 리터러시, 미디어 리터러시, 소셜미디어 리터러시 등등 참 많습니다.

다음은 네이버 카페의 '자그니'라는 네임을 가진 분이 쓴 글입니다. "20세기 들어와 텔레비전 시대가 되면서 새로운 능력이 필요해졌다. 바로 '미디어 리터러시'다. 영상을 제대로 읽는 기술과 전자 기기를 다룰 줄 아는 능력. 영상이나 사진 같은 시각 이미지는 거짓말을 하지 않는다고 생각하기 쉽다. 하지만 사진의 진위, 영상의 진실을 두고 그동안 수많은 논쟁이 펼쳐졌던 것을 봐도 알 수 있듯, 영상과 이미지는 누군가의 의도가 개입된 결과물이다. 그래서 세심하게 읽고, 다루는 방법을 배워야만 한다. 조작하는 방법을 알아야 조작된 결과물을 간파할 수 있다. 그걸 이해하지 못하면, 세상에 속는다. 이제 우리는 누가 글과 이미지로 우리를 속이려는지 안다. 최소한 누군가는, 다른 누군가가 들이대는 글과 이미지를 의심하는 버릇이 들었다. 21세기 들어와 널리 보급된 인터넷이 낳은 문화다. 여기서 끝나면 얼마나 좋을까. 하지만 우리가 살고 있는 이 시대는, 우리에게 새로운 능력을 요구하기 시작한다. 글과 이미지를 이해하는 시대를 지나, 인터넷과 스마트폰, 컴퓨터가 가득한 시대에 맞는 새로운 '디지털 리터러시'를. 글도 읽고, 이미지도 읽고, 이제 디지털이 개입된 세상을 이해해야만 다치지 않고 살아남을 수 있는 시대다. ……간단히 말해, 우리는 우리가 인터넷에 남긴 여러 흔적이 언제든지 우리를 먹잇감으로 만들 수 있는 시대, 개인적인 것이 쉽게 온 세상에 까발려지는 시대, 누군가가 이익을 위해 퍼뜨리는 가짜 정보가 넘쳐나는 시대, 우리의 관심과 시간을 차지하고 싶은 것들이 계속 우리를 유혹하는 시대에 살고 있다. 역설적으로 우리가 남을 욕하는 일에 너무 쉽게 동참하고, 쉽게 난도질하고 싶어 하며, 쉽게 유혹에 넘어가는 시대이기도 하다. 그것이 우리가 살아가는 시대의 위험한 부분이며, 디지털 리터러시를 배워야 하는 이유다. 디지털 문화는 너무 쉽게 우리를 수치스러운 존재로 만들며, 너무 쉽게 우리의 관심과 시간을 앗아간다." 먼저, 좋은 글에 감사드리며, 이 글의 요지는 디지털 시대에서 주요 생존 방법이 '디지털 리터러시'를 제대로 알고, 그것을 건강하게 잘 활용하는 것이라고 강조하고 있습니다.

『읽고 생각하고 쓰다』에서 송숙희는 '리터러시 지능(Literacy intelligence Quotient)이 있어야 한다고 말했습니다. 정보의 과다 시대에 리터러시 지능을 키우는 것이 시대를 현명하게 살아가는 법'이라고 했습니다. OECD는 "리터러시는 개인이 자신의 목적을 달성하고 자식과 잠재력을 발휘하며 사회에서 활동하기 위해 텍스트를 이해·활용·성찰하는 능력이다."라고 정의했습니다. 읽고 쓰는 능력인 리터러시 지능은 이처럼 현재뿐만 아니라 미래에도 내 삶에 날개를 달 수 있는 능력이 됩니다.

잘 읽어야 잘 쓸 수 있습니다. 많이 읽는 것도 중요하지만, 더 중요한 것은 제대로 읽는 것입니다. 대부분의 독서가들은 다독보다 정독을 권합니다. 지독(遲讀)도 괜찮은 방법입니다. 지독은 곱씹으며 읽는 것입니다. 읽기의 기본은 이해입니다. 이해가 되지 않은 정보는 내 것이 아닙니다. 막연히 읽기보다 정보를 생산하겠다는 마음가짐을 갖고 읽는 것은 다릅니다. 나를 나답게 살 수 있는 비법 가운데 하나가 정보의 생산자가 되는 것입니다.

읽고 쓰기에서 어휘의 중요성을 말하고 싶습니다. 단어가 모여서 문장이 되고, 문장이 모여서 문단이 되고, 문단이 모여서 글이 됩니다. 이처럼 글의 출발점은 단어, 즉 어휘입니다. 어휘력 향상을 위한 쉼 없는 노력이 절실합니다. 사람은 아는 어휘만큼 사고(생각하고 궁리함)한다는 말이 있습니다. 인간은 언어로 사유(대상을 두루 생각하는 일)합니다. 따라서 사유는 언어로 구조화(부분적 요소나 내용이 서로 관련되어 통일된 조직으로 만들어짐)됩니다. 철학자 비트겐슈타인은 '내 세계의 한계는 언어의 한계'라고 했습니다. 어휘가 빈약하면 아무리 문장 공부를 해도 읽기와 쓰기가 늘지 않습니다. 사용하는 어휘의 양을 늘리는 것이 글쓰기의 기본입니다. 글 이해의 최소 단위는 어휘입니다. 글을 잘 쓰고 싶다면 먼저 어휘를 늘려야 합니다. "어휘를 레고처럼 갖고 놀자."는 말씀을 드리고 싶습니다. 구사(말이나 수사법, 기교, 수단 따위를 능숙하게 마음대로 부려 씀)할 수 있는 어휘의 양이 생각의 폭과 감정의 깊이를 결정합니다.

저의 핸드폰에는 속뜻사전, 역순사전, 우리말사전 세 개가 깔려 있습니다. 그래서 조금만 궁금하면, 즉시 찾아봅니다. 내가 말하고 쓸 수 없는 정보는 내가 이해하고 있는 정보라고 보기 어렵습니다. 특히 글을 쓰는 사람은 문법도 중요하지만, 그 문장에 적확한 단어를 사용하지 않으면 글의 신뢰가 상실됩니다. 읽고 읽다가 모르면 찾고, 쓰다가 모르면 찾고, 찾고 또 찾습니다.

어휘(語彙)란? 일정한 범위 안에서 사용되는 낱말의 수효나 낱말의 전체, 즉 낱말을 순서에 따라서 모아놓은 것입니다. 어휘력이란, 낱말을 활용하는 능력, 낱말을 마음대로 부리어 쓸 수 있는 능력입니다. 어휘가 부족하면 아무것도 할 수 없습니다. 어휘가 부족하면, "그것은 이렇게 돼서 이렇게 되는 것이다."라는 식의 논리적인 사고도 하기 어렵고, 감정 표현도 제대로 하기 어렵습니다.

요즘 학교에 있으면서 느끼는 가장 큰 안타까움 가운데 하나는 학생들의 어휘력이 너무나 부족하다는 것입니다. 흔히 국어는 도구 교과라고 합니다. 모든 과목 공부의 도구가 된다는 말일 것입니다. 국어는 모든 교과목의 어머니입니다. 국어를 못하면 영어도 수학도 사회도 역사도 과학도 어렵습니다. 특히 역사, 사회, 과학 과목은 용어가 많기로 유명한 교과입니다. 당연히 어휘력이 떨어지면 학습에 흥미를 잃기 쉽고, 학습량만큼 성적이 잘 나오지 않습니다.

쓰기력이 창의력을 만듭니다. 써야 정보의 생산자가 됩니다. "질문이 좋아야 글도 좋다."는 말을 하고 싶습니다. 해답을 찾는 능력 못지않게 중요한 것이 질문하는 능력입니다. '읽고 생각하고 쓰고'에서 '생각'은 질문에서 나옵니다. 사소한 물음이 세상을 흔든다는 말이 있습니다. "산다는 것, 그것은 질문하는 것이다."라는 말이 있습니다. 나의 인생은 내가 나에게 던진 질문에 대한 답들의 수많은 점들이 선으로 연결되어 면을 이루고 모양(體)을 낸다고 생각합니다. 이런 방식으로 '점선면체(點線面體)'를 이루어 갈 때 우리는 성취감과 함께 자존감도 높아지는 것입니다.

교육의 기본은 본뜨기입니다. 모방입니다. 본뜨기란 "무엇을 본보기로 삼아 그대로 좇아하다. 이미 있는 대상을 본으로 삼아 그대로 좇아 만들다."는 뜻입니다. 좋은 본뜨기는 좋은 결과를 초래합니다. 자연의 모든 동물은 본뜨기 모방을 통해서 생존에 필요한 정보를 습득합니다. 물론 유전적으로 생존에 필요한 유전자 정보를 갖고 태어나는 동물도 있습니다. 그러나 다수의 동물들은 어미나 동료로부터 생존에 필요한 기술과 정보를 습득합니다. 그 방법이 본뜨기 모방입니다. 글을 잘 쓰는 방법은 '필사'입니다. 즉, 베껴 쓰기입니다. 글을 잘 쓰고 싶은 사람은 잘 쓴 글을 보고 베껴 쓰는 연습을 하면 좋습니다.

살면서, 지금까지 자신에 대해 던진 질문에 대한 답의 집합이, 현재의 저나 여러분의 모습이 아닐까 합니다. 『성공하는 사람은 질문도 좋다』는 책도 있습니다. 호모 사피엔스, '생각하는 사람'이라는 뜻입니다. "잘 쓴 글은 생각이 99%다."는 말이 있습니다. 남다른 생각이 남다른 글을 만듭니다. 글쓰기의 기본은 낯섦입니다. 다른 것은 틀린 것이 아닙니다. 다른 관점에서 생각해야 달리 보이는 것입니다. 리터러시는 읽기력와 쓰기력이라고 말씀드렸습니다. 인간과 인간의 소통, 인간과 자연의 소통, 나와 나의 소통에 대한 질문을 던지고, 그 질문에 대한 답을 미로 찾듯 찾고, 그 찾은 답을 나만의 스타일로 표현하는 것, 쓰는 것이 나를 나되게, 나를 나답게 할 수 있습니다.

질문이 없으면 생각도 없습니다. 생각이 없는 말하기와 글쓰기는 없습니다. 글쓰기는 생각과 감정을 문자로 표현하는 행위입니다. 무엇인가를 생각하고 느끼려면 언어를 알아야 합니다. 지식을 배우고 정보를 얻는 것만이 공부가 아닙니다. 타인의 감정을 들여다보고 공감하는 것도 공부입니다. 글쓴이가 글 속에서 담으려고 했던 감정을 읽어야 공부가 재미있습니다. 때로는 분노가 글쓰기의 원동력이 됩니다. 읽지 않으면 쓰기가 어렵습니다. 읽어야 쓸 수 있습니다. 공부는 인간으로서 최대한 의미 있게 살아가기 위해서 하는 것입니다. 글쓰기는 내가 가치 있다고 여기는 정보, 옳다고 믿는 생각, 살아가면서 느끼는 감정을 문자로 표현하는 일입니다.

글쓰기는 공부한 것을 표현하는 행위인 동시에 공부하는 방법이기도 합니다. 어휘가 빈약하면 아무리 문장 공부를 해도 글 읽기와 글쓰기가 늘지 않습니다. 사용하는 어휘의 양을 늘리는 것이 글쓰기의 기본입니다. 조금만 궁금하면 즉시 찾아봅니다. 내가 말하고 쓸 수 없는 정보는 내가 이해하고 있는 정보라고 보기 어렵습니다. 읽고 읽다가 모르면 찾고, 쓰다가 모르면 찾고, 찾은 것을 메모하는 것이 습관화될 때 더 나은 글쓰기가 될 것입니다. 하루에 한 문장이라도 좋습니다. 저는 제가 있는 곳에는 집이든 직장이든 책과 펜과 노트가 있습니다. 하루의 일상 가운데 한 소절의 생각과 느낌과 감정과 정보와 지식을 기록합니다.

조선의 선비들은 기록에 미친 자들이었습니다. 메모광, 기록광이었습니다. 『조선왕조실록』, 『승정원일기』, 『난중일기』 등이 그 증거입니다. 오늘 죽을지 내일 죽을지 모르는 상황에서, 일기를 쓴다는 것은 좀체 하기 쉬운 일이 아닙니다. 기록을 이기는 기억은 없습니다. 핸드폰에 기록하는 것도 괜찮습니다. 작은 수첩을 사용하는 것도 괜찮습니다. 수단이 어떻든 중요한 것은 메모하고 기록하고 쓰는 것입니다. 쉬지 않는 글쓰기는 글쓰기의 내공을 키웁니다. 꾸준히 한다는 것은 중요한 일입니다. 개그맨 김병만은 그의 책에서 '적자생존', 즉 "적는 자가 생존한다."고 기록과 메모의 중요성을 강조했습니다.

언어는 주로 말과 글로 구성됩니다. 말에 가까운 글, 이야기하듯 쓴 글, 쉬운 글이 좋은 글입니다. 글을 쓰다 보면 자기가 어떤 사람인지 알 수 있습니다. 글쓰기를 통해서 나 자신을 이해할 수 있습니다. 글 솜씨가 없다는 생각은 버리세요. 일단 쓸 만한 게 생기면 절대로 그냥 흘려보내지 마세요. 한두 문장이면 충분합니다.

메모하세요. 생각나는 대로 글을 적기 시작하면 머릿속 깊은 곳에서 뭔가가 움직이기 시작합니다. 글을 쓰지 않으면 글감은 숨어 버립니다. 글을 쓸 때는 충분한 정보를 모으면서 글을 써야 합니다. 나비에 대해서 쓰려면 나비에 대해서 알아야겠지요. 세상의 모든 일에 감각을 열어 두세요. 모든 목소리에 귀를 기울이세요. 온갖 잡소리에 귀를 기울여 보세요. 질문은 생각을 바꾸고, 행동을 바꿉니다. 사소한 것에 물음을 갖고 그 물음에 대한 나름의 해법이나 답을 찾아보기 바랍니다.

"잘 읽는 사람이 쓰기도 잘한다."는 말은 이미 확인된 명제입니다. 쓰기를 함으로써 쓰기를 배운다고 합니다. 쓰기는 문제 해결력을 키워 줍니다. 리터러시, 읽기와 쓰기는 모든 배움의 기본입니다. 배워야 산다는 명제가 있다면, 잘 배우고 잘 살려면, 여기서 '잘'은 '제대로'라는 의미입니다. 제대로 배워야 제대로 삽니다. 리터러시를 키우는 것은 제대로 사는 데 필요한 큰 도구가 됩니다.

『공부하는 독종이 살아남는다』에서 이시형 박사는 "공부의 기본은 언어력이다. 뇌력은 곧 언어력이다. 그리고 모든 창조도 공부도 언어를 통해 이루어진다."며 공부의 중요성과 공부의 기본은 언어력, 어휘력임을 강조하였습니다. 읽고 쓰는 과정에서 언어력과 어휘력은 향상됩니다. 잘 읽고 잘 쓰고 잘 행동하면 잘살 수 있습니다.

글 읽기와 글쓰기의 핵심은 메타포(은유)입니다. 『생각의 시대』에서 김용규는 "이제 지식은 소유의 대상이 아니라, 접속의 대상이 되었습니다. 이제 지식은 교육과 전수의 내용이 아니라, 검색과 전송의 내용이 되었습니다."라고 하였습니다. 이어서 그는 "지식의 빅뱅 시대입니다. 인간은 그 누구도 지식의 발달 수준과 속도를 따라잡을 수 없습니다. 인공지능만이 그것이 가능한 시대가 되었습니다. 동물은 생존방식으로 진화를 선택했고, 인간은 지식(지식의 학습)을 선택했습니다. 지식의 근간은 은유입니다. 메타포입니다. 은유는 우리의 사고와 언어의 근간입니다. 읽기와 쓰기의 가장 쉬운 접근법은 메타포입니다. 우리가 생각하고 행동하는 관점이 되는 일상적 개념체계의 본성은 근본적으로 은유적입니다."라고 하여 은유적 사고를 강조하였습니다.

은유의 학습을 위해 좋은 것 가운데 하나가 '시 읽기'입니다. 시를 읽고 낭송하고, 외우는 것은 은유라는 생각의 도구를 익히는 지름길이 됩니다. 시인은 은유를 통해 자기가 표현하려는 내용을 이미지화하는 데 뛰어납니다. 시는 은유의 보물창고입니다. 은유의 핵심은, "A는 B다."입니다. "문경은 새재다." 이렇게 은유로 훈련하면 좀 더 쉽게 리터러시 지능을 키울 수 있습니다.

모든 지식은 관찰로부터 시작됩니다. 지식과 지혜는 관찰이 가져다줍니다. 지식과 지혜는 관찰의 결과입니다. "예술가란 관찰하는 사람이라는 뜻이다."라고 프랑스의 화가 세잔이 말했습니다. 유능한 선장은 쉼 없이 바람과 파도를 관찰합니다. 관찰은 사물이나 현상을 주의하여 자세히 보고 살피는 것입니다. 주의 깊게 보고 살피는 것이 관찰입니다. 관찰로 시작된 정보를 은유화하는 것이 정보를 기록하는 기본입니다. 은유는 사물을 같은 성질을 가진 다른 것에 빗대어 표현하는 것입니다. 예를 들면 이렇습니다. "소녀는 한 송이 코스모스다." 이처럼 은유가 공부를 자유롭게 합니다.

관찰은 관심, 호기심에서 나옵니다. 관심은 어떤 것에 마음이 끌려 주의를 기울이는 것입니다. 호기심과 관심은 관찰을 낳습니다. 주의 깊고 지속적인 관찰은 관점을 낳습니다. 관점은 나만의 생각입니다. 남다른 나만의 생각이 나를 나되게 합니다. 남다른 나만의 생각이 나를 나답게 합니다. 내 생각이 바로 나입니다. 관심과 호기심이 나를 나답게 합니다.

보편타당한 관점이 관계를 원만하게 할 수 있습니다. 그 원만한 관계가 소통입니다. 소통은 특별한 것이 아니라 관계를 원만하게 하는 것입니다. 침엽수인 소나무와 활엽수인 참나무의 관계를 원만하게 하는 것이 자연의 소통입니다. 관심이 관찰을 낳고, 관찰은 관점을 낳고, 관점은 관계를 원만하게 합니다. 원만한 관계가 소통입니다. 삶의 핵심은 소통입니다. 소통의 한 방편이 리터러시입니다. "가수라면 음악을 눈으로 볼 수 있어야 한다."고 테너 가수 루치아노 파바로티가 말했습니다. 시인은 시각형 사고자입니다. 청각장애인이었던 베토벤은 음표를 들을 수 있었기에 유명한 작곡가가 될 수 있었습니다. 피카소는 눈이 아니라 마음으로 본 것을 그렸습니다. 남다른 호기심에서 남다른 관심으로, 남다른 관심에서 남다른 관찰로, 남다른 관찰에서 남다른 관점으로, 남다른 관점에서 남다른 관계로 이어지는 선순환 구조가 나의 존재를 남다르게 합니다. 진심 어린 관심을 갖고 진심 어린 관찰을 하면, 명확한 관점이 생기고 모든 관계가 원만해집니다. 따라서 관심은 모든 사랑의 별명입니다. 관심은 문제를 푸는 열쇠입니다. 집착과는 구별되는 관심은 우리를 행복으로 이끄는 이정표입니다.

추상화는 곧 단순화입니다. 모든 추상화는 단순화입니다. 글쓰기의 본질은 종이 위에 단어를 늘어놓는 것이 아니라 불필요한 것들을 골라내고 버리는 데 있다고 했습니다. 시는 더하기보다 빼기입니다. 언어에는 추상어와 구체어가 있습니다. 글쓰기는 추상어를 구체어(구상어)로 구현하는 능력입니다. 그리기는 구체어를 추상어로 구현하는 능력입니다. "읽기가 리터러시 지능의 시작이고, 생각하기가 리터러시 지능의 본질이라면, 쓰기는 리터러시 지능의 완성판이다."라고 송숙희는 말했습니다. 추상어에 대한 구체적인 이해에 바탕을 둔 리터러시 지능의 확장 노력은 나를 더욱 나되게 합니다.

상지대 양창현 교수는 『미국의 리터러시 코칭』에서 "문자는 소통이다. 사회가 고도로 발달하면서 글을 읽고 말을 하고, 더 나아가 의미를 제대로 전달하는 일이 매우 중요해졌다. 그런데 말은 차치하고서라도 사람들이 글을 읽고 그 본뜻을 파악해내는 능력이 점점 떨어지고 있다고 한다. 그래서 미국은 학교 교육에서 읽고 쓰는 활동인 리터러시 코칭을 강화하고 있다. 리터러시는 단순히 읽고 쓰는 것만이 아니라 읽고 쓰는 능력의 물꼬를 터주는 일이다."라며 리터러시 능력을 강조하였습니다.

"리터러시 능력이 중요한 이유는 개개인의 리터러시 능력이 곧 한 사회를 움직이는 능력이 되기 때문이다. 한 분야의 리터러시 전문가는 그 분야의 언어에 정통한 사람이다. 운동, 예술, 영상, 몸짓 등 각 분야에는 저마다의 소통 언어가 존재한다. 따라서 리터러시 활동은 학업 성적을 올리는 것뿐 아니라 전문가가 되기 위한 소양을 갖추는 일이라고도 볼 수 있다."고 하여 리터러시가 학업 성적 향상에 도움이 될 뿐만 아니라 전문가로서 자질을 갖추는 데 도움이 된다고 주장하였습니다.

로빈 위드 박사가 1997년 이후 하버드대학교를 졸업한 1,600명을 대상으로 설문조사를 한 결과, "현재 당신의 일과 노력에서 가장 중요한 것은?"이라는 질문에 90% 이상이 '글을 잘 쓰는 기술'이라고 대답했다고 합니다. 하버드대학교에는 1872년에 만들어진 '엑스포스(Expos)'라는 글쓰기 프로그램이 있는데, 반드시 모든 학생들은 이 강좌를 수강해야 졸업할 수 있다고 합니다. 그렇다면 왜 이렇게 글쓰기를 세계적인 대학교에서 강조하고 있을까요? 그만큼 중요하기 때문이겠지요. 그만큼 삶에 글쓰기가 큰 비중을 차지하고 있기 때문이겠지요. 물론 평범하게 살아가는 데는 그리 중요하지 않을 수도 있습니다. 하지만 일정한 위치에 오르기 위해서는, 또한 자신의 능력과 존재를 더욱 확장하는 데는 꼭 필요함을 자각하고 글쓰기를 배워 보라고 적극적으로 권하고 싶습니다.

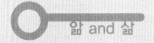
앎 and 삶

어떻게
공부해야 하는가?

어떻게 공부해야 하는가? 결론부터 말하자면, 자발적으로 해야 합니다. 스스로 해야 합니다. 뭐든 스스로 해야 제대로 할 수 있습니다. 누가 시켜서 하는 것에는 분명히 한계가 있기 마련입니다. 공부든 일이든 시켜서 하는 것은 난관(일을 해나가면서 부딪치는 어려운 고비)에 부딪히는 순간 빨리 좌절하거나 쉽게 포기합니다. 포기는 끝을 의미합니다. 공부를 중도에 포기하지 않고 지속적으로 하기 위해서는 스스로 해야 합니다.

또한, 공부하는 습관을 들여야 합니다. 습관이란 어떤 행위를 오랫동안 되풀이하는 과정에서 저절로 익혀진 행동입니다. 되풀이하는 과정에서 내 몸과 하나가 된 것이 습관입니다. 뭐든 제대로 하려면 습관이 되고 몸에 배야 합니다. 몸에 밴 공부가 진짜 공부입니다. 사람은 습관을 좋아합니다. 왜냐하면, 자신이 만든 것이어서 익숙하기 때문입니다. "습관은 나무껍질에 글자를 새기는 것과 같다. 그 나무가 사람에 따라 글자도 커진다."는 영국의 작가 스마일스의 말처럼, 습관은 중요하면서도 무섭습니다. 그래서 습관을 '제2의 자연'이라고도 합니다.

좋은 습관은 좋은 결과를 낳습니다. 나쁜 습관은 나쁜 결과를 낳습니다. 습관이 운명입니다.

벨트컨베이어(두 개의 바퀴에 벨트를 걸어 돌리면서 그 위에 물건을 올려 연속적으로 운반하는 장치. 대량생산의 일관 작업에 쓴다)처럼 정신없이 돌아가는 현대사회에서, 별도로 공부할 시간이나 짬을 내기는 매우 어렵습니다. "현대인은 모두 과중한 일로 정신 집중을 잃어버린 산만한 인간들이다."라는 슈바이처 박사의 말처럼 '바쁘다, 정신없다'를 입에 달고 삽니다. 그런 핑계로 많은 사람들은 공부에 소홀하고 삽니다.

자투리는 어떤 기준에 미치지 못할 정도로 작거나 적은 조각이나 자로 재어 팔거나 재단하다가 남은 천의 조각을 말합니다. 시간에도 자투리가 있습니다. 공부를 잘하는 사람들은 대체로 자투리 시간을 잘 활용합니다. 하루 24시간이란 시간은 누구에게나 공평하게 주어집니다. 물론 여건에 따라 다르겠지만, 잠을 조금 줄여서라도 짬을 내고 자투리 시간을 모아서 배워야 합니다. 공부해야 합니다. 정신없이 바쁜 현대사회에서 뭐든 시도하려면, 짬짬이 틈틈이 간간이 자투리를 이용하는 지혜가 필요합니다. 자투리 시간에 책을 보고, 자투리 시간에 운동을 하고, 자투리 시간에 짬짬이 휴식을 취해야 합니다. 그런 습관을 들여야 합니다. 공부를 잘하는 학생들을 유심히 관찰해 보면, 그들은 한결같이 쉬는 시간에 간단하게나마 지난 시간에 배운 것을 복습하거나 다음 시간에 배울 것을 예습합니다. 그 미세한 습관의 차이가 공부를 잘하게 하는 것입니다. 자투리 시간을 허투루 보내지 않는 습관을 갖는 것은, 차진(성질이 야무지고 까다로우며 빈틈이 없다) 배움에 매우 중요한 요소입니다.

"즐기면 즐거워진다, 즐겨야 즐거워진다, 행복해서 웃기보다 웃으면 행복해진다."는 말이 있습니다. "천재는 노력하는 사람을 이길 수 없고, 노력하는 사람은 좋아하는 사람을 이길 수 없으며, 좋아하는 사람은 즐기는 사람을 이길 수 없다."고 합니다. 인생의 성공과 행복은 궁극적으로 당신의 태도에 달려 있습니다. 공자는 나는 공부를 좋아하는 사람이라고 했습니다. 겸손한 공자도, 공부하는 것을 좋아하는 것만큼은 다른 사람들이 자기를 따라오기 어려울 것이라고 제자들에게 자랑삼아 말했습니다. 공부를 즐기면 인생이 바뀝니다. 배움을 좋아하는 사람은 인생이 행복합니다. 세상 모든 것에는 배움이 있습니다.

호학(好學), 즉 배움을 좋아하는 것을 말합니다. 모든 동물들은 놀이를 통해 생존에 필요한 것을 배웁니다. 공부를 즐겁게 하려면 놀이처럼 해야 합니다. 놀이하듯, 게임을 하듯, 공부해야 합니다. 배움은 놀이처럼 해야 그 배움이 오래갈 수 있습니다. 지속 가능한 배움이 되는 것입니다. 앎이 삶이 되고 삶이 놀이 되고, 앎이 놀이 되면 그 인생은 보름달 같습니다. 배움과 삶이 놀이가 될 수 있다면, 그 인생은 영롱한 별빛입니다. 노동의 능률을 높이거나 즐겁게 하려고 부르는 노래를 노동요라고 합니다. 노동은 힘든 것이기에 노래를 부르며, 일을 놀이 삼아 즐겁게 함으로써 능률을 높이고 고통을 줄이기 위한 지혜가 노동요를 만들었다고 할 수 있습니다. 달인들의 공통점은 어렵고 힘든 일을 즐겁게 하려고 애쓴다는 것입니다.

아울러 삶의 핵심은 잘하고 좋아하는 일을, 밥 먹듯이 하는 것입니다. 밥 먹듯이 한다는 것은 되풀이한다는 것입니다. 특별한 경우를 제외하고는, 오늘 밥을 먹었다고 내일 밥 먹지 않는 사람은 없을 것입니다. 세상의 모든 소중한 것은 반복을 통해서 얻어집니다. 공부의 진정한 성과는 반복을 통해서 얻어집니다. 내가 관심이 있고 능력을 발휘할 수 있는 분야가 무엇인지를 알고, 그 일을 반복하고 연습(훈련)하면 그 분야의 최고 전문가가 될 수 있습니다. 공부의 왕도는, 즉 배움의 핵심은 '반복'입니다. 반복을 즐기라고 말하고 싶습니다. 배움의 핵심은 반복이고, 반복이 즐거워야 배움의 진정한 기쁨을 얻을 수 있습니다. 공부는 반복입니다.

우리 인간에게는 세 가지 소중한 액체가 있습니다. '피와 눈물과 땀'이 그것입니다. 어떤 분야의 일가(一家. 학문, 기술, 예술 등의 분야에서 독자적인 경지나 체계를 이룬 상태)를 이룬 분들은 대부분 이 세 가지 액체를 빗물처럼 하염없이 흘렸습니다. 그것도 피와 눈물이 섞인 피눈물을, 피와 땀이 범벅(질척질척한 것이 몸에 잔뜩 묻은 상태를 비유적으로 이르는 말)된 피땀을 흘렸기에 겨우 그 자리에 설 수 있었던 것입니다.

오늘날 우리들이 누리고 있는 나름의 물질적 풍요도 우리 조상님과 선진들의 피눈물과 피땀으로 이룬 것입니다. 그렇기 때문에 현재의 우리들은 이것을 지키고 보존하고 발전시켜서, 후손들에게 고이 넘겨주어야 할 책무(책임과 의무)를 갖고 있습니다. 그것이 조상과 후손에 대한 최소한의 도리라고 필자는 생각합니다. 뭔가를 제대로 이룬 사람이나, 이루려고 애쓴 사람들은 대부분 그 과정에서 '피땀'과 '피눈물'을 흘렸습니다. 세상에 저절로 되는 것을 별로 없습니다. 반복이 없는 심화(정도나 경지가 점점 깊어짐)는 없습니다. 반복이 없는 창의(새로운 의견을 생각하여 냄)와 창조(새로운 성과나 업적, 가치 따위를 이룩함)는 없습니다.

학습(學習)은 '배우고 익히다'는 뜻입니다. '익히다[習]'라는 말은, '새의 날개(羽. 깃 우)'와 '스스로(自. 스스로 자)'의 조합으로 만들어진 글자라고 합니다. 한자사전에 따르면, '익히다'는 어린 새가 날개(羽)를 퍼드덕거려 스스로(自 → 白) 날기를 연습한다는 뜻입니다. 결국, 배움이든 공부든 학습이든, 새처럼 날기 위해서 스스로 반복(되풀이)을 게을리 하지 않는다는 의미입니다. 날기 위해서 날갯짓하는 것을 소홀히 하는 새는 날 수 없다는 뜻입니다. 새가 될 수 없다는 뜻입니다. 날지 못하는 타조와 거위는 조류일 뿐입니다.

흔히 삶이 '다람쥐 쳇바퀴 같다'고 합니다. 그러나 저는 묻고 싶습니다. 다람쥐 쳇바퀴 같지 않은 일과 인생이 얼마나 되느냐고요? 지금은 현장에서 조금 벗어나 있지만, 반복을 귀찮아하고 싫어했다면 축구의 박지성과 피겨스케이팅의 김연아, 발레의 강수진은 존재하지 않았을 것입니다. 물론 그들도 때때로 힘들고 짜증나고 귀찮기도 했겠지만, 반복을 싫어하면 자신들의 뜻을 이룰 수 없음을 알았기에 의도된 즐거움으로라도 잘 이겨내지 않았나 봅니다.

우리 속담에 "농작물은 농부의 발소리를 듣고 자란다."는 말이 있습니다. 작물의 성장에 필요한 것은 거름과 비료와 물과 햇빛 말고도, 사랑과 정성이라는 의미일 것입니다. 그렇습니다. 나와 세상의 더 나은 미래를 위해 즐겁게 반복하고, 즐겁게 공부하고, 스스로 하고, 정성을 기울이고, 그런 것들이 몸에 밸 때 어느 순간, 이전의 나와 다른 내가 나를 맞아 줄 것입니다. 남다른 내가 될 것입니다.

다람쥐 쳇바퀴

문득 다람쥐는
왜 열심히 쳇바퀴를 돌릴까 생각해 보았습니다
물어보진 않았지만
'기쁘기' 때문일 것입니다
'즐겁기' 때문일 것입니다
그럼 난,
내 평생에 다람쥐처럼
'기쁘고 즐겁게' 돌릴 수 있는 쳇바퀴는 뭘까?
그 쳇바퀴만 찾는다면
인생의 절반은 행복한 성공을 한 것일 텐데,
귀한 밥 먹고
쓸데없는 생각을 해보았습니다.

지혜,
지식보다 소중한 것

　구약 성경에서 「잠언(箴言)」의 '잠(箴)'은 '바늘 잠'입니다. 잠(箴)은 뜻을 나타내는 대죽(竹. 대나무) 부수와 음(音)을 나타내는 咸(함 → 잠)을 합쳐서 만든 글자입니다. 옛날에는 해진 곳을 깁거나 포대 자루를 꿰맬 때 대나무로 만든 바늘을 썼습니다. 「잠언」은 우리 삶 속에서 해지고 구멍 난 부분을 꿰매주는 영적인 바늘이라고 할 수 있습니다. 그 바늘이 지혜입니다. 성경엔 "다윗의 아들 이스라엘의 왕 솔로몬의 잠언이라(잠언 1:1)."라고 하였습니다. 다윗이 아들 솔로몬이 지혜롭게 살도록 위해서 남겨준 정신적 유산이 「잠언」입니다.

　성경적인 지혜는 하나님을 바로 알고, 하나님을 온전한 마음과 기쁜 뜻으로 섬기며, 온 마음을 다하여 하나님을 찾는 것을 말합니다. 일반적으로 지혜란 사물의 이치를 빨리 깨닫고 사물을 정확하게 처리하는 정신적인 능력을 말합니다. 우리들 삶의 궁극적인 목표는 행복일 것입니다. 지위가 높고 돈이 많고 명예가 하늘을 찌르고 육신이 강철같이 건강하더라도 기쁘고 행복하지 않으면 소용이 없습니다. 반면에 돈과 지위와 명예가 다소 부족하더라도 기쁘고 행복하면 더할 나위 없는 인생일 것입니다. 행복하게 사는 비결이 많겠지만, 그 가운데 으뜸이 지혜롭게 사는 것입니다.

세상에는 해서 돌이킬 수 있는 일과 하면 돌이킬 수 없는 일이 있습니다. 그것을 분간할 줄 아는 것이 지혜입니다. "인생은 B와 D 사이의 C이다."라는 말이 있습니다. 인생은 "Birth(탄생)와 Death(죽음) 사이의 Choice(선택)이다."라는 말입니다. 즉, 인생은 선택의 연속이라는 말입니다. 행복하게 사는 비결은 올바른 선택을 하는 것입니다. 우리가 살면서 매 순간 올바른 선택을 하려면 지혜가 있어야 합니다. 사리(이치)를 분별하는 사리 분별력이 있어야 합니다. 분별력은 옳고 그른 것을 판단하는 능력은 말합니다. 비슷한 말로 판단력이라고도 합니다. 하나님께서 주신 지혜가 있을 때, 우리는 올바른 분별에 따른 올바른 선택과 판단을 할 수 있습니다. 지혜로운 선택이, 현명한 선택이 행복한 삶을 보장합니다. 지혜가 우리에게 평안과 자유를 줍니다.

우리가 이러한 지혜를 얻기 위해서는 먼저 하나님께 지혜를 기도로 구해야 합니다. 또한 "지식이 모여서 지혜가 된다."는 말처럼 다양한 분야의 책을 읽고 공부를 해야 합니다. 특히 교양을 쌓고 인문학에 대한 공부를 게을리 하지 않는 것이 중요합니다.

인문(人文 = 人紋. 무늬 문)은 '사람의 무늬'라는 뜻입니다. 고대 사회에서 글자는 그림(무늬)으로 표현되었습니다. 물체의 모습(형상)을 보고 글자를 만들었습니다. 그것을 상형문자(象形文字. 그림문자)라고 합니다. 문자는 정보를 담고 있습니다. 결국, 인문은 '사람의 정보, 사람에 대한 정보'라는 뜻입니다. 사람의 삶에 대해서, 어떻게 살아야 하는가에 대해서, 어떤 목적으로 살아야 하는가에 대해서 배우는 것이 인문학입니다. 사람이 사람으로서 사람답게 살아가는 데 필요한 정보를 배우고 익히는 것이 인문학 공부입니다. 성경을 읽고, 기도로 지혜를 구하고, 인문학을 공부하여 삶에 적용한 것은 지혜롭게 인생을 사는 데 매우 중요한 것입니다.

이 책을 읽는 여러분은 혹시 천재입니까? 저는 그저 아주 평범한 재주를 가진 범재(凡才)에 불과합니다. 요즘 학교마다 사회 곳곳에서 '영재(英才)'라는 말을 많이 사용합니다. 뛰어난 재주를 가진 사람을 영재라고 합니다. 비슷한 말이 수재와 천재입니다. 영재교육이란 뛰어난 재능을 지닌 아이에 대해서 그 재능을 조기에 기르기 위해 행해지는 특별한 교육을 말합니다. 이 세상은 천재만이 잘사는 것은 아닙니다. 대부분의 사람들은 범재입니다. 평범한 재주를 가진 사람들입니다.

평범한 재주를 가진 사람인 범재가, 재주가 둔한 사람인 둔재가, 천재가 되는 비결이 있습니다. 그것은 지혜롭게 사는 것입니다. 최근 우리나라의 다수 정치인들이나 지식인들의 모습처럼, 세상에는 최고의 대학교를 졸업하고 수많은 지식을 갖고도 단 한 가지도 지혜롭지 못하게 사는 사람이 있는가 하면, 짧은 지식을 가지고 있지만 지혜롭게 사는 사람이 있습니다.

또한, 나를 가장 나답게 하는 것이 여러분이 천재가 되는 길입니다. 나에게는, 즉 저마다에게는 분명히 다른 사람과 구별되는 그 무엇이 있기 마련입니다. 내가 가장 나답게 사는 것이 가장 지혜롭게 사는 것입니다. "활이 흔들리면 화살은 과녁을 벗어난다."는 말이 있습니다. 지혜롭게 사는 인생이, 흔들리지 않고 행복이라는 가치를 과녁에 적중시킬 수 있습니다. 지식보다 지혜입니다. 지혜롭지 못한 지식은 자신을 파멸로 이끕니다. 지혜롭지 못한 법 지식은, 꼼수와 공작에 능한 법 지식은 결국 자신을 파멸로 이끕니다.

나를 찾아서

나를 잘 가꾸어
나를 나되게 하는 것은
나를 나답게 하는 것은
나를 나스럽게 하는 것은
나의 인생에서
내가, 나에게 갖출 수 있는
최대한의 예의입니다.
그것이 지혜입니다.

애들은 졸고 있는데

학교 선생인 내가

밥숟갈 놓은 지 10분도 채 지나지 않은

5교시 수업 시간에

애국한답시고 장래를 생각한답시고

졸고 있는 아이들을 부라리며

빚쟁이 사정하듯 조른다

책을 많이 읽어야 한데이

책 속에서 나를 찾아야 한데이

가지가지 체험을 해야 한데이

나를 찾는데 여행이 참 좋데이

스트레스 지우개는 운동이 최고데이

수업이 끝나고 가만가만 생각해 봤다

애들처럼 고만고만할 때

나는 지난 일을 빚쟁이 사정하듯

나 자신을 보채며 살았는지?

술래처럼 나를 뒤지고 다녔는지?

머리가 조건반사처럼 도리질한다

피식피식 웃음이 튀밥처럼 터졌다
어이쿠, 이놈들이 창 너머에서
"그 봐요. 쌤은요?" 하는 것 같아
머쓱히 듬성한 머리만
애꿎게 벅벅 긁었다.

내가 역사입니다

"역사의 목적은 인간의 자기 인식이라는 것이다. ……자기를 안다는 것은 첫째, 인간은 무엇인가? 둘째, 자기는 어떠한 종류의 인간인가? 셋째, 다른 사람과 다른 자기는 어떠한 인간인가를 아는 것이다. 인간이 자기를 안다는 것은 무엇을 할 수 있는가를 아는 것이며, 무엇을 할 수 있는가는 해보기 전에는 아무도 모르는 것이기 때문에, 무엇을 할 수 있는가의 유일한 실마리는 인간이 무엇을 했는가일 수밖에 없다. 그렇기에 역사의 가치는 인간이 무엇을 했으며, 따라서 인간이 무엇인가를 가르쳐 주는 데 있다."는 글은 "왜 역사를 연구하는가?"에 대한 영국의 역사학자 콜링우드의 대답입니다.

그렇습니다. 역사는 과거에 살았던 사람들의 이야기입니다. 역사는 인간이 겪어온 여러 사실이나 그 사실에 대한 기록입니다. 과거가 모여서 현재가 되고, 현재가 모여서 미래가 됩니다. 현재는 과거의 결과입니다. 미래는 현재의 결과입니다. 호박(琥珀) 속의 모기처럼 과거는 죽은 것이 아닙니다. 현재의 원인을 알기 위해서는 과거를 알아야 합니다. 미래를 미루어 짐작하기 위해서는 과거를 알아야 합니다. 그래서 역사는 현재의 거울이고, 미래의 창이라고 합니다. 우리가 사는 세상은 현재와 미래이지만 그 밑바탕은 과거입니다. 우리의 조상님들이 계셨기 때문에 우리가 있는 것처럼 말입니다. 역사는 고개를 과거에 두고 있지만, 시선은 항상 현재와 미래를 향하고 있습니다. 역사는 언제나 현재를 바탕으로 과거를 돌아보고 미래를 주시합니다.

역사는 일기와 비슷합니다. 일기가 하루의 모든 일을 적는 것이 아니듯이 역사도 과거에 있었던 모든 사건을 기록하는 것이 아닙니다. 과거에 있었던 일 가운데서 역사가가 생각해서 의미와 가치가 있다고 판단하는 것만 기록하는 것입니다. 역사가의 판단과 기록 기준은 그의 눈(역사관)으로 본 오늘과 내일입니다.

이 같은 역사를 공부해야 하는 이유는 많겠지만, 몇 가지만 간추려 보겠습니다. 그 첫째는, 현재의 '나'를 알기 위해서입니다. 지나온 과거를 이해함으로써 내가 갖고 있는 나의 기반을 이해할 수 있습니다. 나의 바탕과 뿌리를 알 수 있습니다. 나의 정체(본모습)를 아는데 역사 공부는 필요합니다. 또한, 세상과 세상에 사는 사람들을 아는 데 도움이 됩니다. 역사학자 콜링우드는 "인간이 어떤 존재인지 알기 위해 역사를 배운다."고 하였습니다.

김경집은 『인문학은 밥이다』에서 "우리에게 가장 중요한 것이 무엇인가? 그것은 바로 나 자신을 아는 것이다. 그것은 나의 개인적 특수성을 넘어 인간으로서의 보편적 자기 본질을 안다는 것이고, 이를 통해 내가 무엇을 할 수 있는지, 무엇을 해야 하는지를 알 수 있다는 것이다. 그러므로 역사는 단순히 과거에 어떤 일이 있었는가를 기록하고 그 기록을 들춰보는 것이 아니라 인간이 무엇을 해왔는지, 인간이 무엇인지, 인간이 어떻게 살아야 하는지를 보여주는 것이다. 나의 삶 자체가 역사이며, 역사가 바로 나의 삶의 바탕이라는 인식이 없으면 우리는 부초처럼 또는 하루살이처럼 살아갈 뿐이다."라고 했습니다. 그렇습니다. 역사 공부는 사람의 가치를 되새기는 일입니다. 세상에 존재하는 나와 세상의 사람들을 알고 이해하는데 역사 공부는 필요합니다. 여러분이 역사입니다.

둘째, 역사는 현재의 문제 해결에 도움을 줍니다. 현재는 과거의 사건들을 바탕으로 성립된 것입니다. 과거와 현재는 별개의 것이 아닙니다. 미래 또한 마찬가지입니다. 과거와 현재, 미래는 일련의 연속성을 갖고 있습니다. 여러분의 선조님들이 계셨기 때문에 여러분의 부모님이 계시는 것이고, 또한 여러분이 지금 여기에 있는 것입니다. 오늘 내가 겪는 문제들에 대한 해답을 과거를 통해서 얻을 수 있습니다. 역사가 스승입니다. 역사는 스승과 같은 가르침을 줍니다. 역사를 제대로 모르는 사람은 똑같은 실수와 실패를 반복합니다. 그리고 현재를 바탕으로 미래를 예측할 수 있는 것입니다. 역사를 공부하면 미래를 예측하는 능력이 생깁니다.

물론 예언은 아닙니다. 예언과 예측은 다릅니다. 예언은 계시와 비슷한 말로, 신탁(神託)을 받은 사람이 하나님으로부터 직접 계시된 진리를 사람들에게 전하는 일이나 말을 일컫습니다. 예언은 이사야와 같은 선지자나 예언가들이 주로 하는 것입니다. 예측은 미리 헤아려 짐작함을 뜻합니다. 비슷한 말로 예상, 추측, 짐작, 예견 등이 있습니다. 선지자나 예언가는 예언을 하고, 보통의 일반인들은 예측을 합니다. 세계적인 미래학자 앨빈 토플러는 예언가가 아니라 미래를 예측하는 사람입니다. 예측은 토플러와 같은 미래학자만 할 수 있는 것이 아닙니다.

역사를 제대로 공부하면 불확실성투성이인 미래를 나름대로 대처할 수 있는 예측력이 생깁니다. 역사작가 신봉승은 "역사는 어렵고 심각한 기록이 아니다. 잘 읽어서 지키면 복으로 돌아오고, 잘못 읽어서 어긋나면 반드시 화근이 되어서 돌아온다."고 했습니다. 역사가 지식이고 지혜입니다.

셋째, 역사를 통해 역사적 사고력과 비판력을 기를 수 있습니다. 역사를 배우다 보면, 직접 그 사건에서 드러나는 모습인 외면과 그러한 사건이 일어나게 된 원인과 주체들의 의도를 생각해 보게 되는데(내면), 이러한 과정을 통해서 인과관계를 파악하는 능력과 사고력이 증진됩니다. 역사 공부는 역사적 사실의 외면에 대한 파악에서 내면의 이해로 발전해 갑니다. 역사의 외면은 역사적 현장에 있다면 관찰할 수 있는 객관적 사실을 말합니다. 역사의 내면은 사건 현장에서 관찰할 수 없는 사건의 배경이나 주도자의 의도 등을 말합니다.

역사적 사고력이란 역사적 사건의 보이지 않는 원인과 의도, 목적을 추론할 수 있는 능력을 말합니다. 역사적 비판력이란 잘잘못을 가려 정당한 평가를 내리는 능력을 말합니다. 역사의 외면과 내면을 공부하면 역사적 사고력과 역사적 비판력이 생깁니다. 그리고 역사의 행간(行間)을 파악하는 능력이 생깁니다. 행간이란 글에 직접적으로 나타나 있지 아니하나 그 글을 통하여 나타내려고 하는 숨은 뜻을 비유적으로 이르는 말입니다. 역사적 사고력과 비판력은 여러분에게 현실과 미래 대한 판단력과 문제 해결력을 갖게 합니다. 그런 의미에서 역사 공부는 매우 중요합니다.

역사 학습의 목적은 크게 "역사 그 자체를 배운다." "역사를 통하여 배운다." 두 가지가 있습니다. 그 가운데 "역사를 통하여 배운다."는 현재의 내가 살아가는 데 필요한 능력과 교훈을 얻을 수 있다는 데 있습니다. 과거 사실을 제대로 알아야 현재의 참모습을 제대로 알 수 있습니다. 삶의 지혜를 습득하여 현재 당면하는 여러 가지 문제들을 올바르게 파악하고 대처할 수 있습니다.

우리는 자주 역사를 거울에 비유합니다.『동국통감(東國通鑑)』은 조선 시대 성종 때에 서거정 등이 동국(東國. 우리나라. 삼국시대에서 고려 말까지)의 역사 가운데서, 정치에 본보기(鑑. 거울. 참고)가 될 만한 것을 알려줄(通) 목적으로 편찬한 책입니다.『자치통감(資治通鑑)』은 통치(統治)에 도움이 될 만한 자료(資料)나 본보기(鑑. 거울. 참고)를 알려줄(通) 목적으로, 중국 송나라의 사마광이 편찬한 중국 역사책입니다. 이처럼 역사는 거울에 비유됩니다. 역사를 거울처럼 비춰보고 경계(警戒)로 삼는다는 의미입니다. 여기서 경계는 지침과 교훈(가르침)을 의미합니다. 토인비는 "인류에게 있어 가장 큰 비극은 지나간 역사에서 아무런 교훈도 얻지 못하는 데 있다."고 했습니다. 역사는 오늘의 삶을 비춰주는 거울이고, 내일을 내다볼 수 있는 창입니다.

역사는 우리들에게 영감을 줍니다. 영감이란 '신령스러운 예감이나 느낌, 창조적인 일의 계기가 되는 기발한 착상이나 자극'을 말합니다. 문학이나 예술 창작 활동은 영감에 의해 이루어지는 경우가 많습니다. 역사책, 역사소설, 역사만화, 사극 등은 삶의 맥락을 짚는 데 도움을 줍니다. 역사를 알면 세상의 흐름이 보입니다. 역사를 알면 미래가 보입니다. 나를 세상을 현재와 미래를 아는데 역사 공부는 매우 중요한 역할을 합니다.

역사 공부를 할 때 유의해야 하는 것 두 가지가 있습니다. 첫째는 그 시대를 이끌어 간 중심세력, 즉 주체세력이 누구인가를 아는 것입니다. 둘째는 그들의 중심생각이 무엇이었는가를 아는 것입니다. 중심

생각은 다른 말로, 통치이념, 이데올로기(이념), 사상, 마인드, 시대정신이라는 말로 표현됩니다. 주체세력(중심세력)의 중심생각(핵심가치)을 아는 것이 역사 공부의 핵심입니다. 중심세력의 중심생각이 세상을 지배합니다. 중심세력의 중심생각이 우리를 이끌어 갑니다. 어느 시대든지 그 시대를 이끌어 가는 중심세력은 그들의 생각에 따라서 행위와 행동을 합니다. 그 사람의 생각을 아는 것은 그 사람의 행위를 이해하는 지름길입니다. 따라서 중심세력(주체세력)의 중심생각(핵심가치)을 아는 것은, 그들이 했던 일들을 제대로 알고 이해하는 첩경(지름길)입니다.

사람이 머리와 몸으로 구성되어 있다고 할 때, 머리(뇌)는 '생각(이념)'에 해당합니다. 몸(지체, 팔다리)은 생각에 따라 움직입니다. 지체는 '법, 제도, 기구, 시스템, 체제' 등의 형태로 나타납니다. 이데올로기(이념)에 따라서 그 이념을 달성하기에 적합한 시스템(법, 제도, 기구, 체제)이 구성됩니다.

삶에는 중심이 있기 마련입니다. 내 삶의 중심이 뭔가? 가정의 중심은 행복이고, 나의 중심도 행복입니다. 그러면 사회의 중심은, 또 국가의 중심은 무엇인가? 돈을 자신의 중심에 두고 있는 사람은 돈을 따라 생각하고 행동합니다. 얼굴이 가치의 중심에 있는 사람은 얼굴만 보고 사람을 평가합니다. 당신의 중심에는 무엇이 있습니까? 조선 건국의 중심세력은 신흥무인세력과 신진사대부였습니다. 신흥무인세력의 대표적인 인물이 이성계입니다. 이성계가 조선을 세웠습니다. 신진사대부의 대표적인 인물이 정도전입니다. 정도전은 비록 나중에 이성계의 아들 이방원에게 피살되었지만, 그는 사실상 조선의 모든 기초를 마련한 사람입니다. 이성계의 힘과 정도전의 머리가 만나서 건국된 나라가 조선이라고 해도 지나친 말이 아닐 정도입니다. 이성계와 정도전이 손잡고 세운 나라가 조선입니다. 그들의 중심생각은 '성리학'이었습니다. 따라서 조선을 알고, 조선을 이해하고, 조선 사람들의 행동을 이해하기 위해서는 그들의 중심사상(중심생각)이었던 성리학을 알아야 합니다.

한편 신진사대부들은 성리학을 공부했던 사람들입니다. 그들은 성리학을 조선을 이끌어 가는 중심이념(중심사상), 통치이념으로 받아들였습니다. 이처럼 조선은 성리학의 나라, 유교의 나라였습니다. 따라서 성리학을 기본적으로 알아야 조선 시대를 이해할 수 있습니다. 성리학에 대해서 알아야 조선 시대 사람들을 이해할 수 있습니다.

역사는 과거에 살았던 사람들의 이야기입니다. 역사 공부의 초점은 '사람'입니다. 사람이 일을 합니다. 성경적으로 결정은 하나님께서 하시지만, 일은 사람이 합니다. 로봇을 만드는 것도 사람이고, 인공지능을 만드는 것도 사람입니다. '사람'을 시선에서 놓치면 안 됩니다. 그때의 사람들은 어떻게 살았는가? 현재의 사람들은 어떻게 살고 있고, 미래의 사람들은 어떻게 살 것인가? 그러한 삶의 연결고리를 찾아가는 것이 역사 공부입니다. 그 일에서 재미를 지속적으로 느끼면 생각보다 얻는 것이 참 많습니다. 역사 이야기는 사람 이야기입니다.

관심(關心)

응달진 담벼락에

엉거주춤 붙어서서

필락 말락 하는 목련을 바라본다

다시 와서 목련을 물끄러미 바라본다

다시 와서 목련을 애잔히 바라본다

다시 와서 목련을 또렷이 바라본다

다시 와서 목련을 빤히 바라본다

다시 와서 목련을 그냥 바라본다

아침이 되어 다시 보니,

그새 목련은 또렷한 봄이 되어

나를 수굿이 바라보네.

시를 읊다

문자가 생겨나기 이전에, 인류는 생존에 필요한 대부분의 정보를 본보기를 통해 몸으로 직접 체득하거나, 암송하여 머릿속에 기억해야 했습니다. 많은 정보를 머릿속에 저장하는 것은 그리 쉬운 일이 아니었습니다. 그래서 더욱 즐겁고 쉬운 암송 방법으로 몸을 흔들며 리듬감을 이용하여 노래의 형태로 저장했습니다.

시에 리듬을 입히면 노래가 됩니다. 우리가 흔히 시는 읽는다는 말보다 "시를 읊다."라고 표현합니다. '읊다'는 뜻은 "억양을 넣어서 소리를 내어 시를 읽거나 외다. 또는 시를 짓다."라는 말입니다. 억양이란 소리의 고저, 강약을 말합니다. 소리의 강약으로 시를 읽거나 암송하거나 시를 짓는 것을 '읊다'라고 표현하는 것입니다.

문학은 인간의 삶에 대한 이야기입니다. 시든 소설이든 수필이든 희곡이든 인간의 삶을 이야기합니다. 시를 읽고 암송하고 시를 짓는 것은 우리들의 삶을 이해하는 데 많은 도움이 됩니다. 희로애락애오욕(喜怒哀樂愛惡慾), 즉 기쁨, 노여움, 슬픔, 즐거움, 사랑, 미움, 욕심을 인간의 일곱 가지 감정이라고 해서 칠정(七情)이라고 합니다. 문학은 인간의 삶 속에서 나타나는 모습과 감정을 글로써 표현하는 것입니다. 시를 읽고 쓰는 것은 인간 삶의 모습과 감정을 받아들이고 표현하는 과정입니다. 따라서 시를 읽고 쓰는 것은 정서(사람의 마음에 일어나는 여러 가지 감정. 또는 감정을 불러일으키는 기분이나 분위기)의 순화(불순한 것을 제거하여 순수하게 함)와 힐링(마음치유)에 많은 도움이 됩니다.

김경집은 『인문학은 밥이다』에서 "시는 삶과 세상의 압축파일이다."라고 했습니다. 또한 "시는 시인이 농축된 언어로 실체를 깊숙이 그리고 아름답게 그려낸 결과물이다. 시를 누리는 삶은 그냥 건조하게 사는 우리네 삶과 다르다. 시 한 구절에서 내 삶을 발견한다. 잊고 지내던 나의 모습, 나의 삶, 나의 의미 그것을 다시 발견하고 다잡는 것은 한 조각의 떡보다 훨씬 영양가 있다. 그게 시의 힘이다. ……시를 회복하면 삶도 회복될 것이다." 그렇습니다. 시는 이처럼 힘이 있습니다. 성경에도 「시편(詩篇)」이 있습니다. 유교 경전에도 『시경(詩經)』이 있습니다. 경전의 압축되고 함축된 표현이 시편이고 시경입니다.

이러한 시를 배우는 요령은 김용규의 『생각의 시대』에 나오는 다음의 글을 참고하면 많은 도움이 될 것입니다. "은유가 첫 번째 생각의 도구다. 큰 강물도 단 하나의 샘에서 출발한다. 우리의 이야기는 은유가 바로 그 샘이다. ……은유가 우리의 사고와 언어, 그리고 학문과 예술을 구성하는 가장 원초적이고 근본적인 도구다. 보다 자극적으로 표현하자면, 은유 없이는 우리의 사고도, 학문도, 예술도 불가능하다. 은유는 우리의 사고와 언어의 근간이다. ……은유는 유사성을 통해 보편성을 비유사성을 통해 창의성을 드러내는 천재적인 생각의 도구다." "은유의 학습을 위해 추천하고 싶은 것이 시 읽기다. 시는 읽고, 낭송하고, 외우는 것은 은유라는 생각의 도구를 익히는 지름길이 된다. 시인은 은유를 통해 자기가 표현하려는 내용을 이미지화하는데 뛰어나다."

그렇습니다. 은유가 생각의 핵심적인 도구이고, 은유가 사고와 학문과 예술의 근간입니다. 창의성도 은유에서 나옵니다. 은유적(A는 B이다) 사고는 시 읽기와 시 쓰기에 큰 도움이 됩니다. 시를 읊고 시를 쓰는 것, 직접 한 번 해보기 바랍니다. 나와 세상을 보는 눈이 바뀔 것입니다. 그리고 세상을 꿰뚫어 보는 직관력(판단이나 추리 따위의 사유 작용을 거치지 아니하고 대상을 직접적으로 파악할 수 있는 능력)도 덤으로 얻을 것입니다.

나부터

그 누가
나를 알아봐 주길
바라기보다
나부터 나를 알아보자

그 누가
나를 보살펴 주길
바라기보다
나부터 나를 보살피자

그 누가
나를 사랑해 주길
바라기보다
나부터 나를 사랑하자

나부터 그렇게 하자
나부터 그렇게 해보자

수필 읽기와 쓰기

    수필(隨筆. 따를 수, 붓 필)은 낱말 그대로 말하면 '붓을 따라 쓰는 글'입니다. 수필의 사전적 의미는 '일정한 형식을 따르지 않고 인생이나 자연 또는 일상생활에서의 느낌이나 체험을 생각나는 대로 쓴 산문 형식의 글'입니다. 비슷한 말은 만필, 에세이입니다. 만필은 일정한 형식이나 체계 없이 느끼거나 생각나는 대로 쓰는 글을 말합니다. 수필은 중수필인 에세이(essay)와 경수필인 미셀러니(miscellany)로 나누지만 대체로 에세이라는 말로 통용됩니다.

    『Basic 고교생을 위한 국어 용어사전』에 수필은 "형식에 구애받지 않고 붓 가는 대로 쓴 글을 일컫는 말로 체험이나 경험, 자신의 의견이나 감상을 적는 글이다. 한 개인이 쓰는 일기나 기행문, 감상문 등도 모두 수필로 볼 수 있으며 개인의 감상 수준에서 더 나아가 사회적·논리적 성격을 가진 소평론도 수필에 속한다. 수필은 일정한 형식의 구애를 받지 않기 때문에 그 형식이 매우 다양하다. 편지 형식으로 쓸 수도 있고, 기행문의 형식으로 쓸 수도 있으며, 묘사문의 형식으로도 쓸 수 있고, 또는 일기 형식으로 쓸 수도 있다. 수필은 그 제재에서도 제한을 받지 않는다. 흔히 신변잡기라고 일컬어지는 수필은, 그야말로 우리 생활 주변에서 일어나는 잡다한 이야기들을 제재로 삼는다. 하지만 사회적·국가적인 거창한 문제를 다룰 수도 있으며, 인생이나 자연의 문제를 제재로 삼을 수도 있다."라고 되어 있습니다. 신변잡기란 자신의 주변에서 일어나는 여러 가지 일을 적은 수필체의 글을 말합니다.

제가 왜 수필에 대해서 이렇게 장황하게 설명하느냐 하면, 수필은 누구나가, 연필이 가는 대로 쓸 수 있는 글이기 때문입니다. 누구나 형식에 구애받지 않고 쓸 수 있다는 말은 다양한 분야의 사람들이 수필을 쓴다는 것입니다. 반드시 그런 것은 아니지만, 소설은 대체로 전문적인 소설가가 씁니다. 연극이나 연화, 드라마 대본(희곡)도 전문적인 작가가 씁니다. 시와 수필도 전문적인 시인이나 수필가가 있지만, 소설이나 희곡과는 조금 다릅니다. 시와 수필은 전문적인 시인과 수필가 외에도 쓸 수 있습니다. 수필은 저나 여러분을 포함하여 '누구나'가 '자유롭게' 쓸 수 있는 글입니다.

글은 자신이 읽은 글이나 얻은 정보, 경험한 것을 바탕으로 씁니다. 수필을 읽으면 다양한 분야의 사람들의 다양한 생각과 직업의식, 경험칙과 교훈을 은연중에 엿보거나 배울 수 있습니다. 다시 말해, 수필을 읽는다는 것은 경험하지 않고 그 직업의 세계를 짐작할 수 있다는 것입니다. 다양한 분야의 사람들이 쓴 수필을 읽으면 나의 재능과 강점, 적성 등을 발견하는 데 도움을 받을 수 있습니다.

뭇사람을 대상으로 쓴 수필은 대체로 읽기 쉽습니다. 정신과 의사가 쓴 수필, 동물학자가 쓴 수필, 탐험가가 쓴 수필, 선생님이 쓴 수필, 진화생물학자가 쓴 수필, 목사님이 쓴 수필, 스님이 쓴 수필, 신부님이 쓴 수필, 역사가 쓴 수필, 기업인이 쓴 수필, 스포츠인이 쓴 수필 여행가가 쓴 수필, 요리사가 쓴 수필, 도예가가 쓴 수필 등등 때때로 어렵게 쓴 글도 있지만, 전문가가 아닌 일반인들이 읽어도 이해하는 데 큰 무리가 없는 글들이 대부분입니다.

최시한은 『수필로 배우는 읽기』에서 '수필은 주제를 자유로운 형식으로 직접 제시하는, 필자 위주로 짜여진 산문'이라고 했습니다. 또한 "말하고 듣고 읽고 쓰는 능력, 한마디로 언어 능력을 기르기 위한 공부는 수필에서부터, 수필을 중심으로 이루어지는 것이 알맞다."고 했습니다. "수필은 주제를 직접적으로 제시할 수 있기 때문에 자기 생각을 그대로 표현할 수 있다. 수필은 자연스럽고 친숙하게 여겨지며, 흔히 수필을 고백의 문학, 또 필자와 독자 간의 대화의 문학 등으로 일컫는다."고 했습니다.

그렇습니다. 수필을 읽는 것은 언어력의 향상뿐만 아니라 다양한 분야의 사람들과 그들의 직업 세계를, 그들의 가치관과 삶의 방식을 배울 수 있습니다. 수필을 읽고 쓰면 리터러시 지능의 향상과 삶의 교훈을 배울 수 있습니다. 단순히 읽기만을 목적으로 책과 정보를 읽는 경우와 글쓰기와 정보를 새로 만들어 낼 목적으로 읽는 것은 하늘과 땅만큼 차이가 납니다. 수필을 읽고 쓰는 과정에서 나의 가치 있는 삶을 주체적으로 이끄는 데 큰 도움이 됩니다.

이참에 여러분들에게 권하고 싶은 것이 있습니다. 다름이 아니라 책을 한 권 써보라는 것입니다. 내 평생에 책 한 권을 반드시 써본다는 마음으로 배우고 익히면서 살면, 그 삶은 이전과 다른 의미로 다가옵니다. 송숙희는 『읽고 생각하고 쓰다』에서 "자기 계발의 완성은 자신의 영역에서 전문가로 인정받으며 주위에 긍정적인 영향을 끼치며 사는 것이다. 자신만의 독특한 존재감과 생각으로 누군가의 삶이 바뀌는 단초(실마리)를 마련해 주는 것이다. 한마디로 아웃라이어(거룩한 왕따)로 사는 것이다. 이처럼 자기 계발에 성공한 사람들의 성공 요인은 특징은 리터러시 지능이 높다. 세상을 잘 읽어내고 그것이 가진 의미를 통찰한 다음 자기만의 방법으로 재가공해서 세상이 탐하는 것으로 내놓을 줄 아는 능력을 가졌다는 것이다. 그 중심에 읽고 생각하고 쓰는 능력인 리터러시 지능이 있다."고 했습니다.

책을 내고 글을 쓴다는 마음으로 책을 읽고 정보를 습득하는 것과 그냥 책을 읽기만 하는 것에는 엄청난 차이가 있습니다. 글과 정보를 대면하는 자세가 다릅니다. 더욱 적극적으로 정보를 이해하고 파악하며 습득하려고 노력합니다. 과정이 다르니 결과도 다를 수밖에 없습니다. 내 평생에 책 한 권을 쓴다는 마음으로 인생을 살면 그렇지 않은 삶과 분명히 다르다는 점은 확실합니다. 지금 당장 시작해 보세요. 그리고 요즘은 전자출판의 형식으로, 딱 한 권만도 출판이 가능합니다. 이 세상에 나만의 책을, 나만 한 권을 가지는 것입니다. 비용이 그리 많이 들지 않습니다. 이 책을 읽는 순간부터 시작해 보길 적극 권하고 싶습니다.

세상에 존재하는 다양한 모습의 정보를 습득하고 다시 나만의 생각과 방법으로 덧입혀 새로운 모습으로 나타내는 것이 창의입니다. 김경집은 『인문학은 밥이다』에서 "수필의 가치는 진정성에서 나온다. 수필은 소설처럼 허구적으로 지어내거나 시처럼 축약해서 결정화한 게 아니다. 깊은 우물에서 건져낸 맑고 차가운 우물물 한 모금처럼, 오래도록 부엌의 한구석에서 묵묵히 가족의 아침을 지켜온 이 빠진 막사발처럼, 그렇게 곰 삭혀 나온 이야기를 담은 것이 수필이다."라고 했습니다. 좋은 수필은 '마음의 산책'이 됩니다. 좋은 수필은 우리의 삶을 향기롭고 푸근하게 만듭니다. 사람에게는 사람이 필요합니다. 수필을 읽고 수필을 쓰는 삶은 같은 커피라도 맛과 향이 다른 것 같은 이치입니다. 수필을 읽고 쓰고 시도 읊고 쓰고 책도 읽고 쓰며 사는 인생, 반드시 남다른 인생이 될 것입니다. 나의 능력을 극대화하는 삶이 될 것입니다. 가끔 만날 수 있는 역경을 잘 극복하고, 기쁨과 행복을 지속적으로 느끼며 사는 인생이 될 것입니다.

화산 부부 짐꾼

아내 짐꾼이 키만 한 짐을 지고
아슬아슬 오른다
올라갈 수 있겠어요?
갈 수 없어도 가야지요!
포기하고 싶지 않으세요?
"한번 짊어진 짐은
끝까지 책임지는 것이
짐꾼입니다."
갈 수 없어도 가야 하는
그놈의 '책임' 때문에
중국 화산 짐꾼 부부는
그렇게 대롱대롱
화산을 올랐다

성적과 학력의 차이

성적은 학력(學力)의 일부입니다. 학력은 말 그대로 배우는 능력입니다. 삶에 필요한 것을 배우는 능력이 학력입니다. 삶에서 매 순간 발생하는 문제를 해결하는 문제 해결 능력을 키워주는 것이 학력입니다. 성적을 내기 위한 문제풀이 중에서, 학교시험에는 정답이 있지만, 삶의 인생시험에는 정답이 있기도 하고 없기도 합니다. 자신만의 정답을 찾아가는 능력이 학력입니다.

삶에서 성적과 학벌은 부분적으로만 필요합니다. 부분적으로만 필요할 뿐, 성적과 학벌이 전부는 아닙니다. 학교 공부는 인생의 일부일 뿐 전부는 아닙니다. 학벌이 높아도 학력(삶에 필요한 것을 배우는 능력)이 낮으면 삶이 고달픕니다. 학벌이 낮아도 학력이 뛰어나면 건강한 삶을 삽니다. 학력이 삶의 전부에 가깝습니다. 이젠 성적보다 학력입니다. 대학도 학교보다 학과입니다. 세상은 눈뜨고 코 베일 정도로 순간순간마다 바뀌고 있습니다. 학력과 학과가 대세입니다. 학력과 학과가 갖은 스펙을 능가합니다.

모든 공부는, 모든 소통은 언어와 이미지로 이루어져 있습니다. 소리 있는 언어가 말이고, 소리 없는 언어가 글입니다. 움직임이 없는 이미지가 그림이고, 움직임이 있는 이미지가 영상입니다. 이러한 언어와 이미지가 담고 있는 메시지의 파악과 이해가 공부와 소통의 핵심입니다. 말과 글, 그림과 영상으로 된 정보에 대한 이해력을 키우는 것이 공부와 소통을 잘하는 비결입니다.

글로써 말하는 습관과 태도를 가지기 바랍니다. 그러면, 여러분의 어휘와 논리의 근육이 훨씬 튼튼해질 것입니다. 말한 것은 나중엔 글로 남습니다. 『신약성경』, 『불경』, 『논어』 등 대부분의 경전은 예수님, 부처님, 공자님께서 말로 말씀하신 것을 그 제자들이나 수행자들이 글로써 적은 것입니다. 말의 끝은 글입니다. 글로써 말하는 습관을 가집시다. 그것이 당신의 미래를 더욱 밝게 할 것입니다. 글로써 말하고 글로써 학력을 키우면 글로써 학과 공부를 하면, 돈도 힘도 덜 들이고 여러분이 간구(간절히 바라는)하는 삶을 살 수 있습니다.

학교 공부에서 성적을 향상시키는 일은 필요하지만, 그것이 인생의 전부는 아닙니다. 그러니 성적과 등급(석차)에 목을 맬 필요가 없습니다. 앞에서 삶에 필요한 것을 배우는 능력이 '학력'이라고 했습니다. 그 학력의 배양(북돋아 키움)에 전념하는 것이 수십 개의 '스펙 탑'을 쌓은 것보다 낫습니다. 성적보다 학력입니다. 무인도에 홀로 남아도, 배우는 능력(학력)이 있는 사람은 살 수 있습니다. 무인도에서 성적표는 무용지물(쓸모가 없는 사람이나 물건)입니다.

성적이 필요 없다는 말은 아닙니다. 원하는 대학과 학과에 진학하려면 일정한 성적은 꼭 필요합니다. 필자가 하고 싶은 말은 '오직 성적 향상만을 위한 성적에의 집착과 굴레'에서 벗어나자는 것입니다. 목적과 목표가 없는 성적 향상은 팥소가 없는 찐빵과 같습니다. 배우는 능력

146

인 학력이 있는 사람은, 어떤 상황에서도 불리한 환경을 유리한 환경으로 전환시킵니다. 학력이 여러분의 삶을 풍요롭고 자유롭도록 인도할 것입니다.

세상사

자식처럼
때론 짐이었다가
때론 힘이 되는

짐꾼 아버지의 지게처럼
때론 벅찬 짐이었다가
때론 벅찬 힘이 되는

짐과 힘 사이에서
힘과 짐 사이에서
매번 도돌이표로
오락가락하는 것이
인생이 아니겠는가?

탁배기 한 사발에
〈엽전 열닷냥〉 주절대며
독백처럼 가는 것이
인생이 아니겠는가?

그렇게 살다
'돌아가는' 것이
인생이 아니겠는가?

아카시아

동네방네 송홧가루 부산해도
사리 살짝 꽃 피우는
5월의 아카시아처럼 살련다

상처마다 가시 돋친 자리
팝콘처럼 꽃 튀기는
5월의 아카시아처럼 살련다

서슴없이 젖 물리는 아기엄마처럼
'웅웅' 칭얼대는 벌들에게 꿀 빨리는
5월의 아카시아처럼 살련다

6월이 오기 전에
6월에
회개하듯 제 향기 접고
자리 내미는
5월의 아카시아처럼 살련다

그 향기 흐드러진

연초록 5월에 살련다.

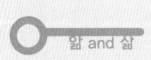
앎 and 삶

사전을 찾자

대학수학능력시험(수능시험)은 종합적 사고력을 테스트하는 시험입니다. 대학수학능력시험 출제 본부는 해마다 수능시험은 반복 훈련으로 얻을 수 있는 기술적 요소나 공식을 단순히 적용해 해결할 수 있는 문항보다는 '종합적인 사고력이 있어야 하는 문항'을 출제한다고 힘써 밝힙니다.

읽고 생각하고 쓰면 자연스럽게 사고력이 향상됩니다. 쓰고 생각하고 읽으면 저절로 나도 모르게 사고력이 향상됩니다. 국어는 도구 교과입니다. 국어는 모든 과목의 도구가 됩니다. 농사를 지으려면 농기구가 있어야 하는 것처럼 말입니다. 국어는 모든 과목의 어머니입니다. 국어는 언어입니다. 언어는 읽고, 쓰고, 말하기가 기본입니다. 따라서 많이 읽고 많이 쓰고 많이 발표하는 것이 최고의 공부 방법입니다. 종합적 사고력은 사고능력을 동원하여 문제 상황을 파악하고 그 문제 해결 방법을 탐색하여 문제를 해결할 수 있는 합리적이고 입체적인 사고 능력을 말합니다.

국어사전, 한자사전, 영어사전, 백과사전 등의 사전과 친구하자는 말을 하고 싶습니다. 고도원은 『위대한 시작』에서 글을 잘 쓰는 비결이 '국어사전 찾기'라고 말했습니다. "그렇게 어휘력이 쌓이자 문장력이 향상되었고, 더 걸러지고 깊어진 표현들을 쓸 수 있었습니다. 구사할 수 있는 단어가 많으면 표현할 수 있는 것들도 많아집니다. 남들이 잘 모르는 단어를 알고 있으면 틀에 박히지 않은 표현을 할 수 있습니다. 또 단어의 뜻을 정확히 알면 정확하고 맛깔스러운 글을 쓸 수 있습니다. 그 바탕이 되는 것이 사전입니다." "글쓰기는 사회생활 전반에 필요한 기본기이며, 나를 드러내고 성숙시키는 차원 높은 자기표현입니다. 남다른 표현과 정확한 표현으로 탁월한 글쓰기 실력을 갖추고 싶다면, 어휘력의 보물창고인 사전을 늘 가까이하면 큰 도움이 됩니다. 또한, 자연과 세상과 교감하며 섬세한 관찰력과 감수성을 키우면 누구도 흉내 내지 못할 나만의 빛나는 문장들이 탄생하게 됩니다." 고도원은 '사전 찾기'가 글을 잘 쓰는 비결이라고 말합니다.

덩굴식물처럼 지식은 뿌리에서 줄기로 줄기에서 가지로 가지에서 잎으로 서로서로 연결되어 있습니다. 이러한 지식의 연결성을 사전 찾기로 공부하는 것은 배경 지식의 확장은 물론이고 지식의 근본 원리 파악에 유리합니다. 시간은 더딜 수도 있지만 조금만 참고 찾고 또 찾고 사전 찾는 재미를 맛본 사람만이 사전 찾기의 중요함을 잘 압니다. 요즘은 전자사전, 인터넷사전이 종이사전의 불편함을 극복하게 합니다. 사전은 지식의 보물창고입니다. 글을 쓰는 사람들의 곁에는 붙박이처럼 사전이 있습니다. 보물창고의 문을 활짝 열고 보물을 내가 가질 때, 보물은 나의 것이 됩니다.

천리마(千里馬)

천리마는 함부로 등을 내주지 않습니다
천리마는 아무에게나 등을 내주지 않습니다
본능처럼 자신을 단박에 알아보고
자신을 인정해 주는 장수에게만 등을 내줍니다
단지 그것만으로 천리마는
천 리를 달릴 수 있는 것입니다
단지 그것만으로 천리마는
천 리를 단숨에 갈 수 있는 것입니다

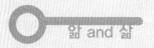

역할모델

역할모델(role model)이란 '역할의 모델'이 되는 사람을 말합니다. 역할이란 '자기가 마땅히 하여야 할 맡은 바 직책이나 임무'를 말합니다. 구실 또는 소임, 할 일이라고도 합니다. 모델은 '본보기가 되는 대상이나 모범'을 말합니다. 누구나 살면서 저마다의 역할이 있습니다. 우유를 제공하는 것이 젖소의 역할인 것처럼, 저마다 해야 할 역할이 있기 마련입니다. 그 역할의 본보기가 모범이 되는 사람을 '역할모델'이라고 합니다.

우리는 어떠한 일을 하든지 자신이 좋아하는 역할이 있기 마련입니다. 축구를 할 때 공격수 역할을 좋아하는 사람이 있고, 수비수나 골키퍼 역할을 좋아하는 사람이 있습니다. 자신이 잘하고 좋아하는 역할을 알고 그것을 맡으면, 어떤 과제가 주어져도 자신 있게 그 역할을 충실히 할 수 있습니다.

따라서 자신이 해야 할 역할을 분명히 알고, 그 역할 수행의 모델(본보기)이 될 만한 사람을 알면 그 사람을 푯대 삼아 따르며 배울 수 있습니다. 역할모델의 존재는 캄캄한 바다의 등대와 같습니다. 역할모델이 있으면 그를 통해 꿈을 이루어 가는 과정을 배울 수 있습니다. 다 그런 것은 아니지만, 공부를 잘하려면 공부를 잘하는 사람과 친하면 좋습니다. 게임을 잘하려면 게임을 잘하는 사람과 친구하면 됩니다. 축구를 잘하려면 축구를 잘하는 사람과 친구하면 됩니다. 삶에 도움이 되는 이러한 친구들처럼, 나의 진로·강점지능과 일치하는 역할모델을 찾기 바랍니다. 내가 희망하고 꿈꾸는 일의 정상에, 이미 성공적인 등반 경험이 있는 분을 역할모델로 찾기 바랍니다.

인생(人生)이란 글자에서, 생(生)은 소(牛)가 외나무다리(一)를 건너는 모습을 형상화(이미지화)한 것이라고 합니다. 소가 외나무다리를 건너듯이 아슬아슬하고 위태위태한 것이 우리들의 인생입니다. 그러기에 하나님의 보호하심이 절대적입니다. 또한, 조심조심 가야 하는 것이 인생입니다. 가보지 않은 길을 잘 가는 방법은 먼저 잘 가본 사람을 따라서 가면 됩니다.

나만의 역할모델을 찾아야 합니다. 역할모델은 자신이 닮고 싶은 인물상입니다. 개그우먼 김미화 씨의 역할모델은 오프라 윈프리라고 합니다. 헬렌 켈러의 역할모델은 설리번 선생님이었습니다. 강호동의 역할모델은 이만기(씨름)와 이경규(예능)였습니다. 예능인 강호동은 도리어 이만기의 역할모델이 되었습니다. 빈센트 반 고흐의 역할모델은 밀레였습니다. 여러분들이 무엇을 하건, 어디에 있건 역할모델은 여러분의 인생에 나침반이 되어 줍니다. 역할모델은 인생의 망망대해(한없이 넓고 큰 바다)에서 'GPS' 같은 존재가 되어 줍니다. 잘 알다시피, GPS(Global Positioning System)는 위성에서 보내는 신호를 수신해 사용자의 현재 위치를 계산하는 위성항법시스템입니다. 항공기, 선박, 자동차 등의 내비게이션장치에 주로 쓰이고 있으며, 최근에는 스마트폰, 태블릿 PC 등에서도 많이 활용되고 있습니다. 이제는 밤하늘의 별을 보지 않아도, 나침반의 가리킴이 없어도, GPS의 인도함을 받으면 현재의 위치는 물론 도달해야 할 목적지까지 마음 편히 안내를 받을 수 있습니다.

세상에 완벽하고 완전한 사람은 없습니다. 정도의 차이가 있을 뿐, 고난이 없는 사람도 없습니다. 누구에게나 역경(일이 순조롭지 않아 매우 어렵게 된 처지나 환경)은 있기 마련입니다. 대부분의 성공하고 행복하게 사는 사람들에게도 크고 작은 역경은 있었습니다. 다만 그들은 그 역경에 꺾이지 않았을 뿐입니다. 여러분의 역할모델에 대한 초점을 그들의 성공과 결과물에만 머물지 말고, 그들이 역경을 어떻게 극복했는지에 두기 바랍니다.

'의미 있는 타인'이라는 말이 있습니다. '의미 있는 타인'이란, 한 사람이 자기 재능에 맞는 전공과 직업 분야를 찾고 그 분야에서 재능을 충분히 실현하는 과정에 주위 사람들에게 좋은 영향을 끼치는 사람을 말합니다. 우리가 선택하는 대부분의 역할모델은 '의미 있는 타인'일 것입니다. 미국의 철학자이자 시인인 에머슨은 "성공이란 자신이 태어나기 전보다 조금이라도 나은 세상을 만들어놓고 가는 것이며, 나로 인해 단 한 사람의 삶이라도 더 풍요로워지는 것이다."라고 정의하였습니다.

그리스도인의 역할모델은 예수님입니다. 그리스도인은 예수님과 닮은 삶, 예수님의 향기가 풍기는 삶을 살아야 합니다. 그것은 그리스도인의 필연(반드시. 꼭. 필시)입니다. 결과의 여부보다 그렇게 살기 위해서 애면글면해야 한다는 것입니다. 오늘날 그리스도인이 아무리 발버둥을 쳐도 예수님과 똑같이 살 수는 없을 것입니다. 그러나 그분의 삶의 모습을 본받고자 애쓰는 과정이 중요합니다. 세상살이에서 결과가 중요하지만, 때론 결과보다 과정이 더 중요할 때도 많습니다.

생자필멸(生者必滅), 즉 살아 있는 것은 반드시 죽습니다. 삶과 죽음은 핏줄처럼 연결되어 있습니다. '메멘토 모리(Memento mori)'는 자신의 "죽음을 기억하라." 또는 "너는 반드시 죽는다는 것을 기억하라." "네가 죽을 것을 기억하라."를 뜻하는 라틴어 낱말입니다. 고대 로마에서는 원정에서 승리를 거두고 개선하는 장군이 시가행진을 할 때, 노예를 시켜 행렬 뒤에서 큰소리로 외치게 했다고 합니다. "전쟁에서 승리했다고 너무 우쭐대지 마라. 오늘은 개선장군이지만, 너도 언젠가는 죽는다. 그러니 겸손하게 행동하라."는 의미이지만, 죽음을 기억하는 것은 어떻게 살다가 죽을 것인가를 생각하면서 살라는 의미로도 해석됩니다. 죽음을 기억하는 것은 교만하지 않고 겸손하게 사는 비결입니다. 부와 권력, 명예를 갖고 그 가진 것으로 오늘날 소위 갑질하는 사람들이 죽음을 기억하고 산다면 꼴값을 떨지 않을 것입니다. 우리는 역할모델을 통해서, 그들이 성취한 성공적 결과물보다 그들이 소중히 여긴 가치와 의미를 겸손히 본받는 자세가 필요합니다. 또한, 역경을 어떻게 극복했는지에 주목할 필요가 있습니다.

무언가 발전하기 위해서는 닮아가는 과정이 중요합니다. 역할모델과 함께 멘토를 찾기 바랍니다. 멘토는 앞선 지혜와 지식과 신뢰로 한 사람의 인생을 좋은 방향으로 이끌어 주는 지도자 또는 스승입니다. 멘토는 경험이 없는 사람에게 오랜 기간에 걸쳐 조언과 도움을 베풀어 주는 유경험자를 일컫는 말입니다. 내 주변에 역할모델이 되면서, 멘토 역할을 할 수 있는 분이 있다는 것은 참 행복한 인생입니다. 멘토가 없다면 나 스스로 찾아 나서야 합니다. 멘토가 자발적으로 멘토 역할을 해주겠다고 자청(어떤 일에 나서기를 스스로 청함)하는 경우도 있지만, 흔치 않은 일입니다.

꿈을 이루려면 꿈쩍거려야 합니다. 꿈틀대야 합니다. 꿈쩍도 꿈틀도 하지 않는 꿈은, 개꿈(특별한 내용도 없이 어수선하게 꾸는 꿈)이 됩니다. 전화를 하든지 문자를 보내든지 메일을 보내든지, 꿈틀대면 꿈은 현실로 다가옵니다. 적극적인 의지를 갖고 삶을 사려는 젊은이에게 대부분의 멘토들은 호의적입니다. 왜냐하면, 그들도 자신의 멘토에게 진 마음의 빚이 있기 때문입니다. 그 누구든 삶을 적극적으로 배우며 살려는 사람에게는 호의적입니다.

떡갈나무 이파리의 자벌레

한 자, 두 자, 석 자……
자치기 하는 동네 머슴애들처럼
떡갈나무 이파리의 자벌레가, 자를 잰다
참회하는 수도승처럼
혹여나 교만함을 보일까 두려워
혹시나 부러진 가지에서 떨어질까 겁이 나
떡갈나무 우듬지의 자벌레가
갓난애 배밀이하듯 온몸을 낮추고선
조심조심
오체투지로 자를 잰다
조금조금
더도 덜도 아닌 한 치씩만 잰다
한 번에 한 치씩만 갈 수 있는
태어난 한계를
뼛속 깊이 체득한지라
서둘지도 과욕도 부리지 않고
숙명처럼 걸음걸음 간다

한여름 떡갈나무 이파리의 자벌레가

자기만의 방식으로

한계령(寒溪嶺)을 넘어가듯

한계(限界)를 오불꼬불** 넘는다.

....

** 오불꼬불: 요리조리 고르지 아니하게 굽은 모양.

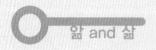
앎 and 삶

스토리텔링

'이야기'의 사전적 의미는 '어떤 사물이나 사건, 현상에 대해서 일정한 내용을 가지고 하는 말, 말하는 사람끼리 오가는 말, 어떤 사실이나 있지 않은 일을 마치 사실처럼 꾸며 하는 말'입니다.

'스토리텔링(storytelling)'은 다양한 정의로 사용되고 있습니다. 콘텐츠 분야에서는 '이야기 창작기술'로, 비즈니스나 전문 분야에서는 '어떤 사실(정보)을 이야기 형식을 통해 재미있게 전달하는 방법'으로, 커뮤니케이션 분야에서는 '말하기 기술'로 정의됩니다.

구체적으로 정의해 보면, 스토리텔링이란 스토리(story)+텔(tell)+링(ing)의 합성어입니다. 즉, 상대방에게 알리고자 하는 story(사건, 지식, 정보)를, tell(말하기, 문자, 소리, 그림, 영상 등)을 통해, ~ing(교감, 상호 작용) 하는 것을 말합니다. 스토리텔링이란 이미지, 글을 통해 이야기를 만들어 전달하는 것입니다. 상대방에게 알리고자 하는 바를 재미있고 생생한 이야기로 설득력 있게 전달하는 행위가 바로 스토리텔링입니다. '이야기하는 일'로 이해하면 됩니다.

이야기는 힘이 있습니다. 이야기는 힘입니다. 세상에 재미난 이야기를 싫어하는 사람은 없습니다. 이야기에는 꿈이 있고 희망이 있으며 웃음과 눈물도 있습니다. 이야기를 잘하는 사람에게 사람이 모입니다. 많은 여성들은 잘생긴 남자보다 유머 있는 남자를 더 좋아한다고 합니다. 많은 여성들이 유머 감각이 있는 사람에게 더 호감을 느낀다고 합니다. 대부분의 사람들은 인상이든 말투든 행위든 딱딱하고 굳은 사람보다 다정하고 부드러운 사람에게 호감을 느낍니다.

요즘 텔레비전의 대세는 이야기입니다. 이야기가 대세이니, 이야기를 맛깔스럽게 하는 사람이 대세입니다. 여기저기서 남자들끼리 모여 밥을 하면서 이야기합니다. 남녀가 함께 오지를 체험하면서 이야기합니다. 여자들끼리 모여 수다를 떱니다. 심지어 여럿이 모여 숙박까지 하면서 이야기를 합니다. 가상으로 부부를 만들어 이야기를 합니다. 그 이야기에 나도 모르게 녹아듭니다.

그러다 보니 요즘 텔레비전에서 가장 많이 출연하는 분들이 개그맨들입니다. 그들은 천생(天生. 하늘로부터 타고난) 이야기꾼입니다. 사실인지 거짓인지 알쏭달쏭한 내용을 아주 맛깔스럽고 그럴듯하게 꾸며서 이야기합니다. 같은 사실을 이야기해도 그들의 이야기는 다릅니다. 저는 이야기를 너무 잘하는 그들이 너무 부럽습니다.

그들은 천생 이야기 장사꾼(?)입니다. 이처럼 이야기를 잘 팔면 돈이 됩니다. 이야기가 돈입니다. 발표도 연설도 인생도 영화도 만화도 판매 광고도 게임도 춤도 마술도 이야기가 있어야 합니다. 이야기가 되어야 합니다. 이야기가 되지 않는 것은 외면 받습니다. 이야기가 삶을 윤택하게 하고, 이야기가 돈이 되니, 대학교에 스토리텔링학과가 생깁니다.

문예창작학과도 인기가 높습니다.

세계적인 미국의 경영학자이자 작가인 피터 드러커는 "인간에게 가장 중요한 힘은 표현력이며, 현대의 경영이나 관리는 커뮤니케이션에 좌우된다."고 했습니다. 즉, 인간에게 가장 중요한 능력은 자기 표현력이라고 말했습니다. 자기 표현력은 말하기와 글쓰기입니다. 입(대화 속에서)으로 하는 말이 '입말'이고, 글(문자언어)로 하는 말이 '글말'입니다. 문자로 나타낸 말, 말을 글자로 적은 것을 글말이라고 합니다.

입말과 글말 이외에도 몸짓으로 하는 말, 영상으로 그림으로 그 밖의 다양한 방법으로 인간은 자기를 또는 대상을 표현합니다. 생각하고 있는 말을 얼마나 맛깔스럽게 이야기를 꾸며서 하는가가 승패를 좌우합니다. 딱딱한 정보는, 즉 박제된 정보는 어디에나 존재합니다. 그 무미건조(재미나 멋이 없이 메마름)한 정보에 '그럴듯한 이야기'가 생동감과 생명력을 불어넣습니다.

글을 잘 쓰려면 잘 쓴 글을 많이 읽어야 합니다. 때론 잘 쓴 글을 그대로 베껴 씁니다. 글을 잘 쓰는 비결은 없을 수도 있고 아니면 있을 수도 있지만, 동서고금을 막론하고 대표적으로 강조되는 방법이 바로 '필사(筆寫. 베껴 쓰기)'입니다. 마찬가지로 이야기를 잘하려면 재미있는 이야기책을 많이 읽어야 합니다. 또한, 떡국의 고명(음식의 모양과 빛깔을 돋보이게 하고 음식의 맛을 더하기 위하여 음식 위에 얹거나 뿌리는 것을 통틀어 이르는 말)처럼, 나 스스로 좀 더 맛깔나게 꾸며서 이야기하는 습관을 갖는 것이 중요합니다.

이야기가 돈이 됩니다. 이야기가 밥이 됩니다. 이야기가 힘입니다. 재미있는 이야기가 관계를 돈독히 합니다. 이야기가 삶을 윤택하게 합니다. 과거에 그랬듯이, 현재에도 그렇고, 미래에도 그럴 것입니다. 사람은 이야기를 떠나서 살 수 없기 때문입니다. 사람은 이야기를 하고 이야기를 듣는 것을 좋아 합니다.

　김제동 씨가 진행하는 〈김제동의 톡투유〉에 출연했던 마술사 이은결 씨가 하는 마술을 본 적이 있습니다. 그는 손으로는 바삐 마술을 부리면서, 입으로도 바쁜 손만큼 쉼 없이 이야기하고 있었습니다. 그렇습니다. 이야기가 힘입니다. 공감의 이야기엔 힘이 있습니다. 이야기가 돈입니다. 인생은 이야기입니다. 인생을 유쾌한 이야기로 엮어가는 곳에 기쁨과 행복과 보람이 있을 것입니다. 여러분 자신의 삶에 대한 이야기는, 스토리텔링은 시작되었는지요? 아직 되지 않았다면, 너무 뜸 들이지 말고 이제 슬슬 시작해 볼까요?

민들레

봄바람 타고
민들레 씨앗이 낙하산처럼
하늘을 난다
쟤는 하늘을
제 뜻대로 나는 걸까
바람결에 나는 걸까
옷깃에 내리면
솜털처럼 물어봐야지

3부
하나님을, 예수님을 제대로 알고

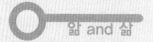
앎 and 삶

포도나무와 가지

"이르시되 너희는 나를 누구라 하느냐. 시몬 베드로가 대답하여 이르되 주는 그리스도시요 살아 계신 하나님의 아들이시니이다(마태복음 16:15~16)."

"나는 포도나무요 너희는 가지라 그가 내 안에, 내가 그 안에 거하면 사람이 열매를 많이 맺나니 나를 떠나서는 너희가 아무것도 할 수 없음이라." 「요한복음」 15장 5절의 말씀입니다. 예수님은 포도나무요, 우리는 그 가지입니다.

의뢰의 비슷한 말은 신뢰입니다. 신뢰란 '믿고 맡기다'는 뜻입니다. 인간은 무한한 능력을 갖춘 듯하나 사실은 그렇지 않습니다. 인간은 바람 앞의 등불처럼 나약하기 그지없는 존재입니다. 여러 통계에 의하면, 신앙인이 오래 산다고 합니다. 간들간들 불안불안한 세상살이에서, 누가 누구를 믿고 의지하고 사는 것은 여러모로 좋습니다.

그리스도인(기독교인)은 '예수그리스도'를 구세주(救世主)로 믿고 사는 사람입니다. 구세주는 인류를 죄악과 파멸의 상태에서 구원하는 하나님을 이르는 말입니다. 비슷한 말이 '구주(救主)'입니다. 구주는 '구원하시는 주님 또는 구원의 주인'이라는 의미입니다. 예수님을 구원하시는 주님으로 믿고 사는 사람이 그리스도인입니다. 예수님을 포도나무로 삼고, 그 포도나무의 가지가 되어 사는 존재가 그리스도인입니다. 그리스도인들은 구주로 섬기는 예수님이 꿈꾼 세상에 대한 애정을 갖고, 예수님의 도움을 받아 그런 세상을 이루기 위해서 애써야 합니다.

다음은 『신학춘추』 주간(박경수 목사)에 나오는 '예수님이 꿈꾼 세상'에 대한 글입니다.

"예수님은 더불어 사는 세상을 꿈꾸셨습니다. 있는 자와 없는 자, 높은 자와 낮은 자, 건강한 자와 병든 자, 자유로운 자와 갇힌 자, 내국인과 외국인, 남자와 여자, 어른과 어린이, 장애인과 비장애인이 함께 웃을 수 있는 세상을 꿈꾸셨습니다. 지금 우리 사회는 양극화로 몸살을 앓고 있습니다. 그리고 점점 그 간격이 넓어지고 있습니다. '나'와 '너'로 나뉘어서 '너' 죽고 '나' 살자는 식의 무한 욕심 경쟁을 벌이고 있습니다. '우리'가 설 자리가 없습니다. 그러나 예수님은 우리를 살리기 위해 자신은 기꺼이 한 알의 죽는 밀알이 되셨습니다. 나만 살려고 하면 나도 너도 모두 죽겠지만, 너를 살리고자 나를 죽이면 우리 모두가 살게 된다는 진리를 몸소 보여주셨습니다. "서로 물고 먹으면 피차 멸망(갈 6:15)"할 수밖에 없으나 "사랑으로 서로 종노릇(갈 6:13)"한다면 상생의 길이 열리게 되는 것입니다.

그렇습니다. 차이가 차별로 이어지는 세상은 예수님이 바라시는 세상이 아닙니다. 세상의 모든 일에는 차이가 존재하기 마련입니다. 차이는 필연입니다. 피부색의 차이, 생김새의 차이, 능력의 차이, 신체와 건강의 차이 등등 차이는 수 없이 많이 존재합니다. 그러나 차별은 그렇지 않습니다. 완전하기는 어렵지만, 인류가 존재하는 한, 차이에 따른 차별을 줄이기 위해서 쉼 없는 노력을 해야 합니다. 그 방법이 예수님께서 말씀하신 '사랑으로 서로 종노릇' 하기 입니다.

저는 개인적으로 '사랑으로 서로 종노릇'이라는 이 말씀이 참 좋습니다. '서로'는 다 같이, 함께, 모두, 쌍방이라는 뜻입니다. '종노릇'은 섬긴다는 뜻이겠지요. 종이 주인을 섬기듯 서로서로가 주인을 섬기듯 섬기고 산다는 의미일 것입니다. 그 섬김의 바탕에 '사랑'이 있습니다. 사랑은 아끼고 소중히 여기는 마음입니다. 예수님을 구주로 받아들이고, 예수님을 포도나무로 삼고 우리는 그 가지가 되어, 사랑으로 서로 종노릇하며 산다는 것, 참 아름다운 일입니다. 그리스도인은 '하나님을 기쁘게 하고 세상을 아름답게' 하는 삶을 살아야 합니다.

헛소리

나무가 늘어지게 하품하는 소리
나무가 벌컥벌컥 물 들이켜는 소리
나무가 체관으로 게걸스레 밥 먹는 소리
나무가 잎으로 햇빛 부르는 소리
나무가 사방으로 다리 뻗는 소리
나무가 내밀하게 짝짓기하는 소리
나무가 눈치껏 키 크는 소리
나무가 숫접게 꽃피우는 소리
나무가 달랑달랑 열매 다는 소리
나무가 어깨 위의 눈 터는 소리
나무가 드렁드렁 코 고는 소리

세상에 존재하는 모든 것은
나무처럼
제 딴의 소리를 내는 법,
들어본 적 없지만,
그 소리 아랑곳하다 보면
그 소리 애면글면 듣다 보면

그 소리 나지막이 듣다 보면

들을 것도 같다

냉큼 들리는 것만이 소리가 아니니까.

가위바위보

가위처럼
재단(裁斷)하려고만 했습니다
뭐든 갈라서 해결하려고 했습니다
갈라야 직성이 풀렸습니다
그래야 콜라처럼 속이 시원했습니다

바위처럼
움켜쥐려고만 했습니다
뭐든 쥐고서 해결하려고 했습니다
쥐어야 직성이 풀렸습니다
그래야 반석(盤石)처럼 마음이 놓였습니다

보자기로
밥상 한 번 덮어 본 적 없습니다
온몸으로 파리 한 번 맞서 본 적 없습니다
늘 항상 언제나
악어 이빨 같은 가위로
앙가슴 갈기갈기 찢어발기고

해머 같은 주먹으로
옆구리만 골라 쥐어박았습니다
덮기보다 들추려고만 했습니다
그래야 잘사는 줄 알았습니다
그래야 폼 나게 사는 줄 알았습니다
그런데,

가위바위보를
삼판양승으로 삼세번 하면서
천, 한 쪼가리씩 덧댄 보자기가
날 선 가위와 굳센 바위를 이길 수 있음을
항상 셋이 모여야지 짜릿한 게임이 됨을
그제야 알았습니다
가위바위보 하면서 알았습니다
묵찌빠 하면서 깨달았습니다

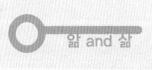
앎 and 삶

착하고 충성된 종아

다음은 「마태복음」 25장 14~30절 말씀입니다.

"14. 또 어떤 사람이 타국에 갈 때 그 종들을 불러 자기 소유를 맡김과 같으니 15. 각각 그 재능대로 한 사람에게는 금 다섯 달란트를, 한 사람에게는 두 달란트를, 한 사람에게는 한 달란트를 주고 떠났더니 16. 다섯 달란트 받은 자는 바로 가서 그것으로 장사하여 또 다섯 달란트를 남기고 17. 두 달란트 받은 자도 그같이 하여 또 두 달란트를 남겼으되 18. 한 달란트 받은 자는 가서 땅을 파고 그 주인의 돈을 감추어 두었더니 19. 오랜 후에 그 종들의 주인이 돌아와 그들과 결산할새 20. 다섯 달란트 받았던 자는 다섯 달란트를 더 가지고 와서 이르되 주인이여 내게 다섯 달란트를 주셨는데 보소서 내가 또 다섯 달란트를 남겼나이다 21. 그 주인이 이르되 잘하였도다 착하고 충성된 종아 네가 적은 일에 충성하였으매 내가 많은 것을 네게 맡기리니 네 주인의 즐거움에 참여할지어다 하고 22. 두 달란트 받았던 자도 와서 이르되 주인이여 내게 두 달란트를 주셨는데 보소서 내가 또 두 달란트를 남겼나이다 23. 그 주인이 이르되 잘하였도다 착하고 충성된 종아 네가 적은 일에 충성하였으매 내가 많은 것을 네게 맡기리니 네 주인의 즐거움에 참여할지어다 하고 24. 한 달란트 받았던 자는 와서 이르되 주인이여 당신은 굳은 사람이라 심지 않은 데서 거두고 헤치지 않은 데서 모으는 줄을 내가 알았으므로 25. 두려워하여 나가서 당신의 달란트를 땅에 감추어 두었었나이다 보소서 당신의 것을 가지셨나이다 26. 그 주인이 대답하여 이르되 악하고 게으른 종아 나는 심지 않은 데서 거두고 헤치지 않은 데서 모으는 줄로 네가 알았느냐 27. 그러면 네가 마땅히 내 돈을 취리하는 자들에게나 맡겼다가 내가 돌아와서 내 원금과 이자를 받게 하였을 것이니라 하고 28. 그에게서 그 한 달란트를 빼앗아 열 달란트 가진 자에게 주라 29. 무릇 있는 자는 받아 풍족하게 되고 없는 자는 그 있는 것까지 빼앗기리라 30. 이 무익한 종을 바깥 어두운 데로 내쫓으라 거기서 슬피 울며 이를 갈리라 하나라."

공병호는 『공병호의 성경공부』에서 달란트(재능)는 땅에 묻지 말아야 한다고 했습니다. 예수님은 자신의 달란트를 사용하지 않은 사람에게 '악하고 게으른 종'이라고 했습니다. 달란트는 하나님에게서 받은 은사입니다. 사람들의 은사는 저마다 다릅니다. 선한 청지기(종)가 되는 것은 자신에게 주어진 은사를 최대한 발휘하는 것입니다.

달란트(재능)를 발견하고 잘 계발하여 발견하고 계발한 재능을 한껏 발휘하고 사는 것이 '착하고 충성된 종'이 되는 비결입니다. 재능은 하나님께서 그리스도인에게 하나님의 일(사명. 소명)을 감당하게 하기 위해서 대가 없이(값없이) 거저 주신 것입니다. 그리스도인은 달란트(재능)로 소명을 받들어야 합니다. 그리스도인은 달란트로 사명을 감당해야 합니다.

"모두가 제 나름의 재능을 지닌다. 하지만 나무에 오르는 능력으로 물고기를 평가한다면, 그 물고기는 평생 자신이 바보라고 믿으며 살아갈 것이다."고 알베르트 아인슈타인이 말했습니다. 저마다에게 천부의 재능이 있고 그 재능에 집중하라는 말입니다. 벤저민 프랭클린은 "달란트를 숨겨두지 마라. 달란트는 쓰기 위해서 주어진 것이다."라고 말했습니다. 그렇습니다. 누구든 천부의 달란트가 있습니다. 종류가 다르고 다소 크기가 다를 뿐, 천부의 달란트가 있습니다. 달란트는 찾고 계발하여 잘 사용하라고 하나님이 주신 것입니다. 달란트는 선명하게 보이기도 하지만, 때론 가물가물(물체가 보일 듯 말 듯 자꾸 희미하게 움직이는 모양)합니다. 봄날 아지랑이처럼 보일 듯 말 듯합니다. 그래서 찾고 또 찾아야 합니다. 눈을 비비로 보려고 애써야 합니다. 매번 선명하게 보여 달라고 기도하며 예수님께 떼(?)를 쓰기도 해야 합니다.

그러면 이러한 달란트란 무엇인가? 원동연·유동준의 『달란트 교육혁명』에서, "달란트란 말은 히브리어(이스라엘의 공용어)로 '키카르', 헬라어(그리스어. 희랍어)로 '달란톤'이라고 한다. 이 말은 원래 화폐 단위를 지칭하는 말이다. 이 달란트란 말은 본질적으로 은사, 적성, 사명과 같은 말이되, 하나님이 주신 은혜를 '분량'이란 각도에서 강조한 명칭이다."라고 했습니다. 달란트는 보통 탤런트(재능)라는 말로 해석됩니다.

김종선은 『달란트 이야기』에서 "가장 위대한 달란트는 바로 나 자신이다. 나만의 달란트를 찾아 떠나라. 누구나 행복의 달란트를 갖고 있다."고 했습니다. 재능의 스위치를 켜기 바랍니다. 스위치를 켜야 전깃불이 오듯이 내 인생을 밝히려면 내가 갖고 있는 재능의 스위치를 켜야 합니다. 그런데 재능의 스위치는 밝고 잘 보이는 곳에 있을 수도 있고, 그렇지 않을 수도 있습니다. 너무 잘 보여서 외면할 수도 있고, 아주 잘 보이지 않아서 찾기 어려울 수도 있습니다. 어찌하든 재능의 스위치를 찾아서 켜야 합니다. 달란트는 쓰도록 하나님께서 우리들 저마다에게 용돈처럼 주신 것입니다.

"은사는 여러 가지나 성령은 같고(고린도전서 12:4)." "너희는 더욱 큰 은사를 사모하라 내가 또한 가장 좋은 길을 너희에게 보이리라(고린도전서 12:31)." "나는 모든 사람이 나와 같기를 원하노라 그러나 각각 하나님께 받은 자기의 은사가 있으니 이 사람은 이러하고 저 사람은 저러하니라(고린도전서 7:7)."

은사는 하나님께서 값없이(대가 없이) 주시는 선물입니다. 은사는 하나님께서 각 개인에게 부여하신 재능이나 능력(기회)을 나타내는 말로도 사용되었습니다. 달란트(탤런트, 재능)와 은사의 차이는 무엇일까요? 기독교인이 달란트를 하나님의 영광을 위해 사용할 때, 그 달란트는 은사가 되는 것입니다.

다음은 저의 기도문입니다.

"예수나무(포도나무)에 살짝 살을 트고, 저의 달란트 가지를 접붙이게(접목) 하옵소서. 그 접목의 힘(영성)으로 그리스도인인 제가 예수님의 마음(예수미)을 본받아 건강한 시민으로서 건실한 성도로서 살게 하옵소서. 저에게 값없이(대가 없이) 주신 달란트를 세상에 즐겁고 행복하게 나누며 살게 하옵소서. 예수님이 주신 달란트가 은사로 사용되어지게 하옵소서. 아멘"

이 책은 위의 기도문에 대한 저의 작은 실행입니다. 예수나무에 달란트 가지를 접붙이면 그 지체(팔다리와 몸. 성도들)는, 머리 되시는 예수님의 품성을 지닌 그리스도인과 시민으로 건강하게 성장할 수 있습니다. 또한, 풍성하고 행복한 삶을 살며 바른 영성(예수미)과 인성(인간미)으로 예수님의 꿈을 마음껏 펼칠 수 있을 것입니다.

달란트의 소중함을 깨닫고 인식함 → 달란트 찾아서 발견 → 달란트에 맞는 학과와 학교 선택(달란트의 계발) → 달란트에 맞는 직업(일자리와 일거리) 선택 → 그 직업을 얻기 위해 기도와 노력을 쉬지 않고 병행 → 그 얻은 직업(일자리와 일거리)에서 일가(학문, 기술, 예술 등의 분야에서 독자적인 경지나 체계를 이룬 상태)를 이룸. 꿈을 실현함 → 그 꿈의 결과물로 남을 위해 선용(나눔. 하나님과 세상의 기쁨이 됨) → 나의 자존감 향상, 나의 존재 이유를 확인함 → 지속적인 행복과 보람 느낌 → 예수님의 뜻을 실천함(나를 사랑하듯 네 이웃을 사랑하라) → 달란트가 은사로 사용되어 짐 → 예수님의 소망과 나의 소망이 하나로 이루어져 감.

인간다운 따뜻한 맛을 '인간미'라고 합니다. '예수미'는 예수님 닮은 멋과 맛이라고 정의하고 싶습니다. 흔히 예수님의 향기가 풍긴다고 말합니다. 예수님의 향기를 풍기는 사람이, 예수님을 닮은 멋과 맛이 있는 사람이, 예수미를 가진 사람입니다. 사람은 모름지기 인간미가 있어야 한다. 인간미가 넘쳐야 합니다. 그리스도인은 반드시 예수미가 있어야 합니다. 그리스도인은 예수미와 함께 인간미도 갖추어야 합니다. 그래야 진정한 그리스도인이라고 할 수 있습니다. 그것은 동전이 양면이 있어야 화폐로서의 기능을 하는 것과 같은 이치입니다. 그리스도인은 한 손에는 인간미를, 다른 한 손에는 예수미를 갖고 세상으로 나아가야 합니다. 그래야 예수님(하나님)을 사랑하고 또한 이웃(세상)도 사랑하고 사랑할 수 있는 것입니다.

"대답하여 이르되 네 마음을 다하며 목숨을 다하며 힘을 다하며 뜻을 다하여 주 너의 하나님을 사랑하고 또한 네 이웃을 네 자신 같이 사랑하라 하였나이다(누가복음 10: 27)."

그런 사람은, 행복하다

모든 약속의 말씀은 하나님의 감동으로 된 것이라

그 말씀을 읽고 감동한 사람은 행복하다

그 말씀을 듣고 감동한 사람은 행복하다

그 말씀을 묵상하고 감동한 사람은 행복하다

그 말씀을 따라 마음이 세상 중심에서 하나님 중심으로 움직인 사람은 행복하다

그 말씀에 느껴 온몸으로 주님과 이웃을 사랑한 사람은 행복하다

그 말씀을 좇아 다툼이나 허영으로 일하지 않는 사람은 행복하다

그 말씀을 행해 자신은 낮추고 남을 높이고 돌본 사람은 행복하다

그 말씀에 따라 같이 울고 같이 웃으며 곁에 있어 준 사람은 행복하다

그 말씀에 따라 진정으로 위로하고 위로받을 수 있는 사람은 행복하다

그 말씀에 따라 슬플 때나 기쁠 때나 무릎기도 할 수 있는 사람은 행복하다

그 말씀에 따라 온 마음과 정성을 다해 예배드리고 찬양할 수 있는 사람은 행복하다

그 말씀에 따라 주를 위해 마음을 다하고 목숨을 다하고 뜻을 다할 수 있는 사람은 행복하다

지금 당장 내가 처한 상황을 떠나 주님을 신실하게 믿는 사람은 행복하다

내가 지은 죄를 심해처럼 깊이 뉘우칠 수 있는 사람은 행복하다

하나님께서 내 마음에 감동할 수 있는 사람은 행복하다

사랑이 없는 감동은 없는 것이라,

모든 일을 사랑으로 성령의 감동으로 성령에 감동되어 하는 사람은 행복하다

하나님을 감동시켜 하늘 문을 여는 사람은 행복하다

하나님을 감동시켜 하늘 문을 활짝 여는 사람은 참말로 행복하다.

추임새

먼발치에 앉아
무심한 듯 북을 치며
퉁명스레 내뱉는
고수의
'얼씨구' 한마디가,
명창을 낸다.

4부

미래와 직업 세계를
제대로 알고

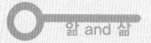
앎 and 삶

내가 미래입니다

『맹자』의 「양혜왕」 편에 나오는 이야기입니다. '항산항심(恒産恒心)'은 일정한 직업에서 일정한 재산(소득)이 지속적으로 발생하면 마음이 평안하다는 뜻입니다. '무항산무항심(無恒産無恒心)'은 일정한 생업이나 재산(소득)이 없는 사람은 마음의 안정을 누리기 어렵다는 뜻입니다.

성인이 되면 누구나 일자리와 일거리가 있어야 합니다. 누구에게 일정한 일자리나 일거리가 있고 그 속에서 일정한 소득(수입)이 지속적으로 발생한다면, 그런 사람은 마음의 평안을 누리며 살 수 있습니다. 행복하게 자기 주도적인 삶을 살 수 있습니다. 누구나 다 아는 이야기입니다. 그러나 현실에선 뾰족한 대책도 없는 것 같고 백약이 무효인 듯합니다.

갈수록 속절없이 일자리는 줄어들고 있습니다. 산업이 성장하면 성장하는 만큼 일자리도 늘어난다는 말은 거짓말로 밝혀졌습니다. 왜냐하면, 일자리를 소위 말하는 '인공지능, 로봇, 기계, 컴퓨터, 자동화 시스템' 등에 빼앗기고 있기 때문입니다. 그것을 막을 방도는 없습니다. 그런 현상은 미래로 갈수록 더욱 심해질 것입니다.

다음은 거창고등학교의 '직업 선택의 십계명'입니다. 거창고등학교의 직업 선택의 십계명은 갈수록 부족해지는 일자리에 대한 나름의 현명한 해법이라고 봅니다.

하나, 월급이 적은 쪽으로 가라.

하나, 내가 원하는 곳이 아니라 나를 필요로 하는 곳으로 가라.

하나, 승진의 기회가 거의 없는 곳으로 가라.

하나, 모든 조건이 갖추어진 곳을 피하고, 처음부터 시작해야 하는 황무지를 택하라.

하나, 앞을 다투어 모여드는 곳은 절대 가지 마라, 아무도 가지 않는 곳으로 가라.

하나, 장래성이 전혀 없다고 생각되는 곳으로 가라.

하나, 사회적 존경 같은 건 바라볼 수 없는 곳으로 가라.

하나, 한가운데가 아니라 가장자리로 가라.

하나, 부모나 아내나 약혼자가 결사반대를 하는 곳이면 틀림없다. 의심하지 말고 가라.

하나, 왕관이 아니라 단두대가 기다리는 곳으로 가라.

위의 내용을 한마디로 말하면, "남이 가지 않는 길을 가라."는 것입니다. 일자리보다 일거리에 집중하라는 의미도 될 것입니다. 남들이 모두 갖고자 하는 직업은 경쟁이 치열합니다. 경쟁이 치열하다는 것은 레드오션(red ocean)에 해당합니다. 레드오션은 경쟁이 치열해 성공을 낙관(앞으로의 일 따위가 잘되어 갈 것으로 여김)하기 힘든 시장을 의미합니다. 레드오션(red ocean)은 출혈 경쟁을 비유하는 '레드(red)'와 시장을 비유하는 '바다(ocean)'을 결합한 합성어입니다. 레드오션의 반대말인 블루오션(blue ocean)은 경쟁이 아예 없거나, 또는 잘 알려지지 않아 아직 경쟁이 미약한 미개척 시장을 의미합니다. 블루오션 개척자는 나만의 바다에서 상어(경쟁자)가 나타날 걱정 없이 편안하게 물놀이를 즐길 수 있습니다.

메타인지, '인지(認知)의 인지(認知)'를 말합니다. 인지는 어떤 사실을 인정하여 아는 것을 말합니다. 나는 얼마만큼 할 수 있을까에 대한 나의 나에 대한 판단, 내가 뭘 알고 있는지 내가 뭘 모르고 있는지를 내가 아는 것이 메타인지입니다. 내가 뭘 알고 뭘 모르고 있으며, 내가 뭘 할 수 있고 뭘 할 수 없는지를 아는 것은 공부뿐만 아니라 무슨 일을 하든지 꼭 필요한 것입니다.

세상이 발전해도 소위 말하는 '인공지능, 로봇, 기계, 컴퓨터, 자동화 시스템'에 밀리지 않을 그 무엇을 찾아야 합니다. 로봇(인공지능, 기계)이 하기 어려운 일거리를 찾든지, 로봇을 만드는 일(소프트웨어, 하드웨어)을 하든지, 로봇을 설치하거나 수리하는 일을 하든지, 세상이 그런데 하고, 두 손 놓고만 있을 수는 없습니다.

박경철은 『자기혁명』에서 "과거의 시대가 기계였다면 새로운 시대의 키워드는 사람이다. 즉, 사람이 부가가치를 창출하는 시대가 된 것이다. 맹목적인 추격과 질주를 하던 시대에는 앞선 자를 잘 따라가기만 하면 되었지만, 사람의 시대에는 스스로 방향을 설정하고 길을 찾아 나서야 한다." "선두의 역할을 추격이 아니라 길을 찾는 것이다." "미래의 핵심을 기계가 아닌 사람이다."라고 했습니다. 그렇습니다. 문제의 로봇만 바라보며 한탄만 하면 답은 없습니다. 계산대 없는 '아마존고

(Amazon Go)'는 미래가 아니라 현실입니다. '아마존고'는 인공지능으로 매점(편의점)의 계산을 점원 대신에 하는 것입니다. 무인점포 시대를 예고하는 것입니다. 사람의 소중함이 무엇보다 강조되는 시대에 스스로 방향을 설정하고 길을 찾아 나서야 하겠습니다.

미래(未來)는 지금을 기준으로 아직 오지(來) 않은(未) 때입니다. "신은 지혜가 깊어도 미래의 일을 캄캄한 밤으로 덮었다."는 로마의 시인 호라티우스의 말처럼, 미래의 일은 캄캄한 밤처럼 그 정체(본모습)를 알기가 어렵습니다. 미래의 정체를 잘 모르기 때문에 누구에게나 미래는 불안과 두려움, 공포로 다가옵니다.

미래에 대한 불안과 두려움을 떨치는 유일한 길은, 로봇(인공지능 등)만 쳐다보며 암울해 하기보다 '사람인 당신이' 스스로 미래가 되는 것입니다. 스스로가 길을 없는 내고, 스스로가 길이 되는 것입니다. 태초부터 원래 길이었던 곳은 없습니다. 사람이든 동물이든 다니면 길이 됩니다. 현재의 당신이 내일의 길이 되는 것이 미래에 대한 두려움을 극복하고 미래를 아름답게 맞이할 수 있는 비결입니다. 그리고 당신이 미래가 되기 위해서는 당신의 정체를 분명히 알고 그 정체를 선명히 밝혀내야 합니다. "당신의 정체를 분명히 밝혀 당신이 미래가 돼라. 당신이 내일의 길이 돼라."고 말하고 싶습니다. 한 번 큰소리로 외쳐보세요. "내가 미래다! 내가 미래가 될 것이다! 내가 내일의 길이다!"

창의적인 생각으로 일거리(일감. 먹잇감)를 스스로 만들어 가는(창조) 사람이 미래가 됩니다. 그렇습니다. 내가 미래가 되면 미래는 더 이상 두려운 존재가 아닙니다. 길이 보이지 않으면 길을 내면 됩니다. 물론 쉽지 않은 일입니다. 그러나 쉽지 않은 일을 해냈을 때 뿌듯한 성취감과 함께 나 자신에 대한 존재의 의미를 다시 한 번 확인할 수 있는 것입니다. 스스로 미래가 된다는 생각으로, 먹잇감을 찾기 바랍니다. 배가 고픈 사자는 먹이를 찾아 어슬렁어슬렁 나섭니다. 나의 먹거리(사람이 살아가기 위하여 먹는 온갖 것)를 찾아야 합니다. 누굴 원망하고 염려만 하고 걱정만 한다고 현재와 미래의 문제가 결코 해결되지 않습니다.

다음의 티베트 격언을 참고하시기 바랍니다. "걱정하여 걱정이 없어진다면 걱정이 없겠네." 그렇습니다. 걱정하여 걱정이 없어진다면 걱정만 하고 살겠지요. 그리고 「마태복음」 6장 34절의 말씀도 귀 기울일만 합니다. "그러므로 내일 일을 위하여 염려하지 말라 내일 일은 내일이 염려할 것이요 한 날의 괴로움은 그 날로 족하니라." 즉, 누구나 근심·걱정·염려를 전혀 하지 않고 살기는 어렵습니다. 그렇다고 매번 근심·걱정·염려를 입에 달고 살 수도 없습니다. 장래에 대한 염려는 전능자 되신 하나님께 기도로써 맡기고, 내가 해야 할 일에 몰입하다 보면 염려는 봄눈처럼 녹고, 그 자리에 희망의 새싹이 새록새록 돋아날 것입니다.

오프라 윈프리가 "저는 미래가 어떨지는 모르지만, 누구에게 달려 있는지는 압니다."라고 말했습니다. 현재가 모여서 미래가 됩니다. 여러분의 현재가 모이면 여러분의 미래가 되는 것입니다. 미래는 여러분이 '스스로 하기 나름'입니다. 미래는 윈프리의 말처럼 여러분에게 달려 있습니다. 여러분 스스로가 미래가 되고 여러분 스스로가 길이 되기 바랍니다. 쉽진 않지만 쉽지 않기 때문에 값진 것입니다. 대단하다는 말은 '쉽지 않은 것을 해내는 사람에게'하는 말입니다. 내가 미래입니다.

열심과 한심

마음이 뜨거우면, 열심(熱心)
마음이 차가우면, 한심(寒心)

"이 한심한 놈아 제발 열심히 좀 살아라."
"아부지, 세상도 한심한데, 저도 한심하게 살면 안 될까요?"

그날
내 다리는 절단 났다.

폐교(廢校)

'머리카락 보일라'
어디로 꼭꼭 숨었는지
애들은 보이질 않고,
날마다
고양이만 술래 되어
생쥐 찾듯
살그미 구석구석을 뒤지네.

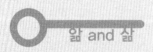
앎 and 삶

일이 나를 만듭니다

미래엔 일자리는 줄어들고 일거리는 늘어납니다. 일자리는 '생계를 꾸려 나갈 수 있는 수단으로서의 직업'을 말합니다. 흔히 직장이라고 합니다. 일거리는 '일을 하여 돈을 벌고 보람을 느낄 거리(재료)'를 말합니다. 흔히 일감(일하는 데에 쓰이는 재료)이라고 합니다. 소위 먹잇감(먹거리)이라고 할 수 있겠지요. 이젠 현재와 장래에 언제 없어질지 모르는 '일자리'보다 평생 버팀목이 되어 줄 '일거리(먹잇감)'를 찾아야 할 때입니다.

일자리는 일을 하고 노동의 대가를 받는 것이고, 일거리는 자신이 좋아하는 일을 찾아서 하는 것입니다. 갈수록 취업하기 힘들다고 느끼는 것은 기존의 일자리가 없어지고 새롭게 일거리가 생겨나기 때문입니다. 계산대 없는 '아마존고'는 미래가 아니라 현실입니다. '아마존고'는 인공지능으로 매점(편의점)의 계산을 점원 대신에 하는 것입니다. 무인점포 시대를 예고하는 것입니다. 인공지능 의사 '왓슨'은 현실입니다. 일자리와 일거리의 개념을 아는 것은 자신의 미래를 준비하는 것뿐 아니라 기업의 입장에서 자원을 효율적으로 활용하는 데 필요합니다.

『서천석의 마음 읽는 시간』에 나오는 글입니다.

"인류 역사를 보면 자기가 좋아하는 일을 하면서 살다 간 사람은 얼마 없습니다. 오히려 살아남기 위해 일을 한 것이 지구별에서 살다 간 인생들의 일반적인 모습이겠죠. 직업이란 본질적으로 자기가 좋아하는 일이 아니라 남에게 필요한 일이어야 합니다. 그래야 남이 내 직업에 돈을 지불하고 나는 그 돈을 통해 생계를 유지할 수 있습니다. …… (중략) 꿈과 열정을 강조하면서 아이들에게 이야기하는 직업은 무척 화려합니다. 영화감독, 야구선수, 로봇 과학자, 펀드매니저. 그 직업으로 살아가는 실제 삶이 과연 화려할지도 의문이지만, 그런 직업들은 모두 합쳐봐야 전체 인구의 5%도 되지 않습니다. 그리고 95%에게는 무척 평범한, 대단한 재능은 필요치 않은 그런 일들이 주어집니다. 그렇다고 잘못된 인생일까요? 원대한 꿈이 없다고, 자기 직업에 가슴이 뛰지 않는다고 해서 의미가 없는 인생일까요? 그렇지 않고, 또 그렇지 않게 살아야 합니다. 대단한 직업이 아니라도 자기 삶에 만족하고 즐기며 살아갈 수 있는 사회가 되어야 합니다. 또 그런 삶의 철학이 필요합니다. ……(중략)…… 자아실현의 욕구란 자신의 잠재력을 최대한 발휘하려는 성장의 욕구입니다. 그런데 이것이 어떤 대단한 직업을 가져야 하거나 슈퍼맨이 되라는 의미는 아닙니다. 오히려 그 반대입니다. 자기를 알고 자신이 바라는 삶을 살라는 겁니다. 자기에게 맞는 평범한 행복을 찾고 느끼라는 의미입니다. 당연히 그 행복은 직업이 무엇인지에 의해 좌우되진 않습니다. 가슴 뛰는 직업이 꼭 필요한 것도 아닙니다. 직업은 누군가에겐 자아실현의 방법이지만 또 누군가에겐 삶의 한 방편일 수도 있습니다."

특별나고 대단한 것이 아니어도, 너와 나에게 경제적으로 보탬이 되고, 즐거운 마음으로 지속적으로 잘할 수 있고, 너와 내가 더불어 행복할 수 있는 그 무엇이 일자리가 되고 일거리가 되어야 합니다. 행복은 직업과 밀접한 관련이 있습니다. 사람을 사람답게 만드는 힘은 '땀과 노동'입니다. 일입니다. 일이 사람을 사람답게 만듭니다. 사자가 먹잇감 찾듯 어슬렁어슬렁 일거리를 찾아보기 바랍니다. 일이 없으면 사람은 나쁜 것에 쉽게 중독됩니다. 재산이 많아 일할 필요 없는 사람은 마약, 섹스, 도박 등에 중독되기 십상(열에 여덟이나 아홉 정도로 거의 예외가 없음)입니다. 그러나 아무리 재산이 많아도 즐겁게 할 일거리가 있는 사람은 그렇지 않습니다.

자신의 길을 가는 사람은 행복합니다. 돈이 많아서 행복한 것도 있겠지만, 부자의 대부분은 돈을 버는 재미로 삽니다. 돈이 많이 있는 것도 기쁨이겠지만, 대부분의 부자들은 돈을 버는 기쁨이 크다고 합니다. 소유냐 존재냐의 문제입니다. 돈을 버는 기쁨이라면 존재에 의미를 더 둔다고 할 수 있습니다. 버는 기쁨은 성취감입니다. 일생에서 일정한 성취가 지속적으로 발생하면 그런 사람은 행복한 사람입니다. 그런 사람의 자존감은 높습니다. 소유가 많아도 존재에 의미가 없는 사람은 기쁘지 않습니다. 그래서 사람들은 때때로 소유를 통해서 존재의 의미를 나타내고자 합니다. 그것이 지나치게 오작동될 때, 우리는 '갑질'이라고 하는 것입니다. 누구든 자신의 길을 가는 동안에 일정한 성취가 지속적으로 발생하면 공부가 즐겁습니다. 배움이 즐겁습니다. 일이 즐겁습니다. 삶이 즐겁습니다. 그런 모습을 보는 부모도 교사도 즐겁고 행복합니다. 공부도 배움도 일도 즐거워야 잘됩니다. 그 즐거움은 누가 만들어 주기보다 내가 만들어 가는 것입니다.

'호모 루덴스'는 놀이하는 인간, 노는 인간이라는 뜻입니다. 놀이는 즐겁게 노는 것을 말합니다. 일은 무엇을 만들거나 이루기 위해서 생각하고 몸을 움직여야 하는 인간의 활동을 말합니다. 노동은 육체나 정신의 힘을 들여 생산 활동을 하는 일을 말합니다. 호모 루덴스는 일을 놀이 삼아 하는 사람을 말합니다. 일이나 노동이 놀이가 될 수 있습니다. 놀이의 바탕은 '즐거움과 재미'입니다.

갈수록 단순 반복적인 노동은 로봇이 장악할 것입니다. 단순 반복적 노동에서 점차 밀려나는 인간이 할 수 있는 대표적인 일은 '놀이(遊)' 입니다. '앎엔삶'의 핵심은 遊(놀이)에 있습니다. 遊(놀이)은 기본적으로 즐겁고 재미있어야 합니다. 배움이 즐거워야 하고, 삶이 즐거워야 합니다. 그 방도는 '앎과 삶(일)과 遊'을 일치시키려는 지속적인 노력과 시도일 것입니다.

국어사전에 나오는 '遊'과 관련된 단어입니다. 와서 노는 것을 '내유(來遊)'라고 합니다. 흥겹게 노는 것을 '유흥(遊興)'이라고 합니다. 즐기며 노는 것을 '낙일(樂軼)'이라고 합니다. 가지고 노는 것을 '농완(弄玩)'이라고 합니다. 여러 곳을 돌아다니며 노는 것을 '반유(盤遊)'라고 합니다. 여러분은 어떤 종류의 놀이를 즐길 것인가요?

직업의 미래는 예측하기 어렵습니다. 김용섭은 『아이의 미래를 망치는 엄마의 상식』에서 "행복한 일자리를 찾으려면 지는 직업 지는 직종을 알아야 하고 적어도 10년에서 20년 뒤의 미래를 내다보는 통찰력이 있어야 한다." "시대에 따라 유망 직업과 인기 전공이 변화한다. 유망 직업의 현황은 인기학과의 변화를 동반했다. 시대의 흐름, 경제의 흐름을 잘 읽어야 한다. 멀리 보지 못하면 후회한다. 직업에도 유효기간이 있다. 어제의 유망 직업이 내일의 사양 직업이 될 수 있다. 전문성에도 유효기간이 있다. 운전면허는 한때 전문기술이었지만 지금은 그렇지 않다. 기술의 진화, 사회의 변화가 직업의 유효기간을 결정한다."

"아이가 자라 직업을 가질 나이가 된다는 것은, 적어도 10년 혹은 그 이상 미래의 일이다. 그렇다면 우리 아이를 행복하게 해줄 유망 직종을 판단할 때에도 현재의 기준이 아니라 10년 이후의 미래 기준이 되어야 한다. 단순히 반짝할 직업을 찾는 것이 아니라 장기간 안정적으로 종사할 수 있는 유망 직종을 찾아야 하니 말이다. 이것이 부모의 의무이자 우리 아이들이 행복한 삶을 살아가는 길이다."고 강조했습니다. "유망 산업에서 유망 직업이 나온다. 우리 아이를 위해 관심을 가질 만한 유망 산업은 어떤 것이 있을까? 지금 대학을 준비하는 학생들은 전공을 선택할 때 적어도 10~20년 후의 유망 직업을 고려해야 한다. 적어도 뜨는 직업을 선택하지는 못해도, 지는 직업을 선택하는 것은 곤란하다."고 했습니다. 미래의 유망 산업, 유망 직종, 유망 직업을 다음의 사이트에서 짐작해 보기 바랍니다. 미래 예측 포털 사이트, 인데일리(http://www.indaily.co.kr/)입니다.

『준비가 알차면 직업이 즐겁다』에서 탁석산은 "지식에는 실용지식, 정보, 전문지식, 교양 등이 있는데 일을 하려면 전문지식이 필요하다. 전문지식이 없으면 일하기 어렵다. 지식이 있어야 일을 한다."고 하면서 일의 기본은 전문지식이고 전문지식으로 무장하지 않으면 살아남기 어렵다고 주장하였습니다. "사람이 평생 놀고먹을 수는 없습니다. 일을 하다 보면 일이 자신의 인생을 만든다는 것을 알게 됩니다. 처음에는 사람이 일을 선택하고 사람이 일의 주인처럼 느껴지지만, 시간이 지날수록 일이 인생의 주인이 됩니다. 그만큼 일은 인생에서 중요합니다. 한 사람의 생애를 평가할 때 얼마나 잘생겼는지, 얼마나 부자였는지, 얼마나 공부를 잘했는지를 말하지 않습니다. 결국, 무슨 일을 했고, 무엇을 남겼는가를 이야기합니다. 일을 통해 인생은 의미와 가치를 얻습니다."라고 하여 자신이 하는 일이 곧 자신의 인생이라고 말했습니다.

그렇습니다. 누구든 일을 하고 살아야 합니다. 일을 통해 수입과 보람을 얻습니다. 초원에서 쫓는 사자도 쫓기는 임팔라도 전력(모든 힘)으로 질주합니다. 그렇지 않으면 살기 어렵기 때문입니다. 누구든 전력할 일거리를 찾고, 찾은 일거리에 온전히 전력할 때 꿈도 삶도 행복도 나와 동행하게 되는 것입니다. 일을 한다는 것은 내가 살아 있다는 가장 확실한 증거가 됩니다. 일이 나를 만듭니다. 처음엔 내가 일을 선택하지만 나중엔 그 일이 나를 만드는 것입니다.

사랑은 밥이다

사랑은 밥이다
밥 먹게 해주는 것이 사랑이다
그래서 엄마는 늘 나에게
"밥 먹어." "밥 먹었어?" 하셨다
엄마는 "밥 먹어."가 가장 큰 사랑 표현이었다
엄마에게 "밥 먹어."는 "사랑해"였다
엄마의 굽은 허리는
얼마 되지 않는 당신의 밥을
뚝 잘라 나에게 퍼주신 것 때문이었음을
내 새끼 낳은 한참 뒤에
겨우 알았다
엄마라는 이름 때문에
한평생
줄곧
엄마는 나의 밥이셨다.
그래서일까
엄마가 생각나면
밥맛이 난다.

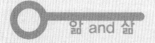
앎 and 삶

직업은
꿈의 실현도구입니다

꿈은 직업으로 달성됩니다. 여러분이 꿈을 이루고 싶다면, 직업에 몰입하세요. 뭘 해서 먹고살 것인가를 찾으세요. 어디에서, 도서관에서, 삶의 현장에서 나를 알고 세상을 알면 진로가 보입니다. 직업이 보입니다. 나와 세상이 끊임없이 대화하기 바랍니다. 세상과 삶은 언제나 복잡합니다. 그 복잡함을 단순화시켜 실행하는 것이 지혜입니다. 복잡을 단순으로 만드는 지름길은 배움, 공부입니다. 플라톤은 "만약 한 사람이 교육을 소홀히 한다면, 그는 생이 다할 때까지 한 발을 절며 걷는 것이다."라고 했습니다. 배움의 출발점은 나입니다. 기준점은 나입니다. 나를 바꿀 수 있는 사람은 나입니다. 그리고 경유지는 세상입니다. 그리고 결승점은 나와 세상입니다. 나와 세상에 보탬이 되는 일을 찾고 또 찾기 바랍니다.

대한민국의 모든 일자리 정보를 알려주는 사이트로 '워크넷'이 있습니다. 자주 이 사이트에 접속하여 '일자리와 일거리'에 대한 공부를 하길 권합니다. 'Q넷(큐넷)'은 대한민국에 있는 자격증에 대한 정보를 제공하고 있습니다. 여러분이 가고자 하는 직업과 직종의 길에서 갖추어야 하거나 갖추면 도움이 되는 '자격증 정보'를 담고 있습니다.

21세기의 핵심가치는 '재미(흥미)'입니다. 새로운 지식은 '재미'있을 때만, 생겨납니다. 가장 기본적이고 기초적인 것을 재미있게 배우도록 합시다. 무엇이든지 알아야 재미가 있습니다. 모르면 재미가 없습니다. 스포츠의 경우를 보면, 대부분의 사람들이 골프보다는 축구를 재미있어합니다. 그 이유는 골프의 진행 방식보다는 축구의 진행 방식을 더 잘 이해하고 있기 때문입니다. 해야만 하는 것은, 좋아하는 것을 넘어서 즐기도록 해야 합니다. 그리고 무엇을 얻기 위해서는 내가 선택해야 할 것과 버려야 할 것을 분명히 해야 합니다. 내가 선택하지 않은 인생은 없습니다. 모든 것은 스스로 선택한 데 따른 결과물입니다.

"직업을 대여섯 번 하는 시대에 매번 전공을 바꾸며 공부할 수는 없지 않은가? 이런 상황에서 독서는 가장 스마트한 전략이다. 독서를 통해 해당 분야에 어느 정도 익숙해지면 그 분야와 관련된 직업이 내 눈앞에 닥쳤을 때 겁이 덜 난다. 오히려 자신감이 들어 덤비게 된다. 배움의 스펙트럼을 넓혀라." 최재천 교수의 말입니다. 미래는 곧 불확실이라는 등식이 성립되는 현실에서, 막연히 두 손 놓고 있을 수만 없지 않은가? 미래의 불확실을 확실로 확신으로 가다듬을 수 있는 현명한 방법은 관심 있는 분야의 책을 읽고 간추리고 쓰다 보면, 안개가 걷히게 될 것입니다. 미래가 왜 불안할까? 모르기 때문입니다. 미래가 어떻게 전개될지 안다면 나름대로 대비를 하면 되니까 훨씬 덜 불안하겠지요.

김용섭의 『아이의 미래를 망치는 엄마의 상식』에 나오는 글입니다. "진정 아이를 위한다면 미래의 눈으로 바라보아야 합니다. 과거의 눈으로 바라보는 미래는, 아이들이 실제로 살아갈 미래와는 크게 다를

210

수 있습니다. 그러니 엄마의 과거 상식으로 아이의 미래를 망치는 실수를 범해서는 안 됩니다. ……실제로 엄마의 경험이 아이의 경쟁력을 키우는 데 도움을 주었던 것도 사실입니다. 하지만 이제는 엄마가 살던 시대가 아닙니다. 세상이 달라졌다는 것을 인정해야 합니다." "제조업의 일자리 감소가 더욱 빠른 것은 로봇이나 기계가 사람 대신 노동력을 소화하는 비율이 높아지고 있기 때문이다. ……창조적인(창의적인) 영역이 아니라면 사람의 어떤 능력도 로봇이 대체하는 것이 가능하다. ……미래는 공부만 잘하는 아이를 환영하지 않는다. ……세상은 문제를 만드는 사람과 답을 찾는 사람으로 나뉜다. 전자가 창조자이자 혁신가라면 후자는 따라가는 사람이지 현실적인 사람이다. 과거에는 후자도 기회가 많았다. 하지만 시대가 빠르게 변하고 최첨단 기술이 우리의 삶과 더욱 밀접해지면서 후자의 기회는 점점 줄어들고 있다. 문제를 만드는 사람이 세상을 이끄는 시대다." 그렇습니다. 좋은 질문이 좋은 답을 만듭니다. 질문이 좋아야 답도 좋습니다.

탁석산은 『준비가 알차면 직업이 즐겁다』에서 직업 선택의 세 가지 기준을 이렇게 말했습니다. "나는 돈을 원하는가, 아니면 시간을 원하는가?" "나는 혼자 일하는 게 좋은가, 아니면 조직 생활을 하는 게 마음이 편한가?" "나는 안정적인 직장을 원하는가, 아니면 모험을 즐기고 싶은가?" 여러분이 원하는 직업 선택의 기준은 무엇인지요? 우리는 바른 기준을 갖고 선택할 때 지혜로운 결과를 가져올 수 있습니다.

손봉호·옥명호의 『답 없는 너에게』에서는 이렇게 말하고 있습니다. "세상 모든 사람들이 탐내고 욕심내는 것을 따라가겠다면서 그걸 꿈이라고 말하는 건 참 서글픈 일이다. 돈을 많이 벌겠다는 건 꿈이 아니다. 그건 모든 인간이 원하는 것으로, 동물적인 본능에 충실한 삶일

뿐이다. 돈을 벌어서 형편이 어려운 사람들이나 돈이 없어 학업을 못 이어가는 학생들 돕겠다는 게 꿈이다. 대통령이 되겠다는 건 대단한 야심이긴 하지만 꿈이 아니다. 모든 국민들이 수준 높은 문화인이 되는 멋진 나라를 만드는 훌륭한 대통령이 되겠다는 게 꿈이다. 그러니 유행 따라 살지 말고, 동물적 본능을 거슬러 사는 게 중요하다."

꿈과 직업은 조금 다릅니다. 꿈은 직업으로 성취될 수 있습니다. 하지만 그 직업에 어떤 의미와 가치를 부여하며 사는가에 따라 길몽(좋은 징조의 꿈) 되기도 악몽이 되기도 합니다.

방송 PD계의 살아 있는 전설, JTBC 주철환 PD는 PD에게 가장 필요한 자질이 '창의력, 추진력(실천력), 친화력'이라고 했습니다. "PD는 새로운 것을 생각해 낼 줄 알고, 그것을 프로그램으로 실현할 수 있는 실천력을 갖추어야 하고 많은 전문가들과 어울리면서 그들을 한 방향으로 끌어갈 수 있는 마음과 생각의 품이 커야 한다."고 『십대, 꿈과 함께 가라』에서 언급했습니다.

꿈꾼다고 해서 자아실현이 저절로 이루어지는 것은 아닙니다. 모든 일에는 때가 있습니다. 젊은이들에게는 젊음이라는 것, 그 자체가 하나의 동력이고 에너지원입니다. 이를 낭비하고 허비하지 마세요. 불안해하고 걱정하는 동안 그 소중한 에너지가 낭비되고 말아요. 미래에 대한 불안과 근심 걱정으로 젊음을 허비하지 마세요. 직업과 일이 바뀐다고 해도 꿈은 바뀌지 않습니다. '지금 무엇을 하고 있는가가 아니라 나는 무엇을 이루려고 하는가'라는 가치관을 가슴에 새겨야합니다. 그리고 창의적 사고는 없는 것을 만들어 내는 것이 아니라 이미 존재하는 것을 새롭게 발견하는 것입니다. 창의적 사고는 이미 존재하는 것을 색다르게 연결하고 편집하는 것입니다.

212

미래는 아직 오지 않은 때입니다. 아직 오지 않았기 때문에 그 모습을 짐작만 할 뿐이지 제대로 아는 사람은 없습니다. 그렇다고 막연하게 대책 없이 두 손을 놓고만 있을 수는 없습니다. 역사 공부는 미래를 짐작하는 데 도움이 됩니다. 어제와 오늘 역사인 신문을 꼼꼼하게 읽는 것도 미래를 짐작하는 데 도움이 됩니다. 또한, 미래학자들이 쓴 책을 읽는 것도 미래를 짐작하는 데 도움이 될 것입니다. 그러나 무엇보다 중요한 것은 "직업은 꿈의 실현 도구다. 일이 나를 만든다."라는 명제를 근거로, 내가 미래가 되는 것입니다.

내가 뭘 잘하는지 뭘 좋아하는지 뭘 꺼리는지를 알고, 그것을 바탕으로 세상의 흐름에 촉수(곤충이나 거미, 새우 따위의 입 주위에 있는 수염 모양의 감각 기관. 촉각, 후각을 맡고 생식 기능을 하는 것도 있다)를 세워야 합니다. 그때 본능적으로 잡히는 느낌을 바탕으로 일자리를 찾거나 일거리를 만드는 것입니다. 그래야 내가 미래가 되는 것입니다. 촉각이나 후각으로 생존하는 생물들처럼 나를 바탕으로 세상의 흐름에 예민하게 '촉(觸. 감각)'을 세우고 살아야 합니다. 그 촉의 중심에 나와 배움과 미래가 있습니다.

교실

시루의 콩나물처럼
교실에
고만고만하게 꽉 들어찬 애들은
산꽃이다
들길 가득한 갈꽃이다
그 이름 다 몰라도
그 사정 다 몰라도
눈여겨 눈 맞춤 하면
오가다 하이파이브 한 번이면
강아지처럼 살랑살랑 꼬리 흔들며
망울져 꽃피우고
감빛처럼 여물어 간다.

5부
그런 앎을, 삶에 실행하면
행복할 수 있다

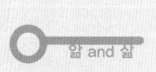
앎 and 삶

실행은 해봤어?

"누가 알아 아무도 모르는 거라고. 해보기 전에는 아무도 모르는 거라고(You never know until you try.)"와 비슷한 말을 한 분이 계십니다. 고(故) 정주영 현대그룹 회장입니다. "이봐 해봤어?"입니다. 자기의 생각을 실제로 행하는 능력을 실행력이라고 합니다. 실행의 또 다른 이름은 노력입니다. 노력은 목적을 이루기 위하여 몸과 마음을 다하여 애씀을 말합니다. 실행이 없는 이룸, 성공, 성취, 행복은 없습니다. 실행이 없는 '남다른 나'는 존재할 수 없습니다. "실행이 답이다."는 말이 있습니다. 앎이 삶이 되려면 실행은 필수입니다.

프랑스의 철학자 사르트르는 "인간은 행동에 의해 자기 자신을 만들어 가는 것이다."라고 했습니다. 영국의 작가 콜턴은 "인생에서 우리가 가질 수 있는 유일한 재산은 우리 자신의 행동뿐이다."라고 했습니다. 『탈무드』에는 "행동은 말보다 더 소리가 크다."고 했습니다. 프랑스의 소설가 베르나노스 "행동이 없는 생각도, 생각이 없는 행동도 무가치하다."고 했습니다. 철학자 괴테는 "정말 위대한 재능은 그 행복을 실행에서 찾는다."고 했습니다. 인도의 속담에 "낮에는 밤의 꿈자리가 평

217

안하도록 행동하라. 그리고 청춘 시대에는 노년에 평화롭도록 행동하라."고 했습니다. 모두 한결같이 실행의 중요성을 강조한 말들입니다.

데일 카네기는 이렇게 말했습니다. "행동하지 않는 것은 의심과 두려움을 낳고, 행동은 자신감과 용기를 낳는다." 그리고 로마의 역사가 리비우스는 또 이렇게 말했습니다. "결코 하지 않는 것보다 늦게라도 하는 것이 낫다." 미국의 시인 에머슨은 "너의 신념을 행동으로 옮겨라. 말도 행동이고 행동도 말의 일종이다."라고 했습니다. 영국의 수필가 하우얼은 "말만 하고 행동하지 않는 사람은 잡초로 가득 찬 정원과 같다."라고 했으며, 그리스의 정치가 솔론은 이렇게 말했습니다. "말은 행동의 거울이다."

여러분이 정말 누구인지 알고 싶은가요? 그럼 여러분의 생각을 행동으로 옮겨 보기 바랍니다. 그러면 여러분의 정체(본모습)는 드러날 것입니다. 행동 없이는 결과도 없습니다. 마하트마 간디의 말입니다. "당신은 당신의 행동으로 어떤 결과가 나올지 결코 알지 못하겠지만, 만약 당신이 아무것도 하지 않는다면 어떤 결과도 없을 것이다." 그리고 레이 브래드버리는 또 이렇게 말했습니다. "당신의 삶을 바꾸고 싶다면 행동하라. 뛰어올라라. 그러면 어떻게 당신의 날개를 펼칠 수 있는지 낙하하면서 알아낼 수 있을 것이다." 그렇습니다. 여러분이 얼마나 상황을 잘 해결할 수 있을지 지금 여러분의 머리로는 다 알 수 없습니다. 다만, 여러분의 능력은 발로써만 확인 가능합니다. 제가 왜 선진(어느 한 분야에서 앞섬)들의 말을 장황하게 나열하는가 하면, 그 분들의 경험 속에서 나오는 말에 주목하고 귀담아 들을 가치가 충분하다고 보기 때문입니다.

218

현장에 답이 있다는 말처럼, 현재의 실행에서 보이지 않던 답을 찾을 수도 있습니다. 책을 읽고 생각을 하면 새로운 생각이 떠올라 글을 쓰기도 합니다. 또한, 작은 생각의 조각을 갖고, 자꾸 쓰다 보면 새로운 생각이 떠오르고, 정보가 다시 머릿속에 가지런히 정리되기도 합니다. 그렇습니다. 글은 생각이 떠올라 쓰기도 하지만, 쓰다가 새로운 생각이 불쑥 나타나기도 합니다. 마찬가지로 작은 생각을, 해결의 기미가 보이지 않을 것 같은 문제를 실행으로 옮기는 과정에 의외의 해답을 찾을 수도 있습니다. 수많은 새로운 발명은 우연히 의도치 않는 가운데 이루어진 경우가 많습니다.

　"반드시 행하라. 나는 행하는 것의 긴급함에 깊은 인상을 받았다. 아는 것은 충분하지 않다. 우리는 반드시 적용해야 한다. 할 의지가 있는 것은 충분하지 않다. 우리는 반드시 행해야 한다." 레오나르도 다 빈치의 말입니다. 행동을 통해서만 모든 것을 바꿀 수 있습니다. 상황을 바꾸고 싶은가, 그러면 먼저 나를 바꾸기 바랍니다. 세상을 바꾸고 싶은가, 그러면 먼저 나를 바꾸기 바랍니다. 물을 빤히 바라보는 것으로는 바다를 건널 수 없습니다. 모든 것의 마지막은 오직 행동입니다. "액션(action)!"은 촬영을 시작한다는 뜻으로 감독이 외치는 말입니다.

　앎이 삶으로 이어지는 유일한 통로는 실행입니다. 행동하지 않으면 앎도 삶도 제자리에서 맴돌 뿐입니다. 자전거의 원리를 알았으면 자전거를 타야 합니다. 언제까지 자전거의 원리와 구조를 설명만 하고 있을 것입니까? 'learning by doing'은 "함으로써 배운다. 행함을 통해서 배운다."는 뜻입니다. 내가 자전거에 올라타게 되면 나는 자전거를 탈 수 있는 사람으로 바뀝니다. 자전거를 보는 사람에서 자전거를 타는 사람으로 바뀌는 것입니다. 인생의 모든 공부는 단순한 정보의 변화 단계에서 내가 바뀌는 단계로 나아가야 합니다. 그래야 내 것이 됩니다. 그 중심에 실행력이 있습니다. 결심, 결정, 결단과 같은 마음의 준비는 과감한 결행으로 결말을 맺게 되는 것입니다. 지혜로운 사람은 자기가 할 일을 행동으로 보여줍니다.

〈신과 함께〉의 주호민 만화작가는 "결국 만화를 좋아하고 만화를 사랑하는 사람이 만화가가 된다고 할 수 있죠. 실제로 지금 활동하는 작가들 중에 만화 관련 학과 출신이 아닌 분도 엄청나게 많아요. 학과가 중요하다기보다 정말 만화에 대해 애정이 있느냐, 그게 핵심이죠. 만화를 잘 그리기 위해서는 많이 그려 보는 것밖에는 다른 방법이 없습니다. 최고의 연습은 '도전 만화' 같은 코너를 통해서 직접 연재를 해 보는 것입니다. ……꿈을 너무 거창하게 생각하지 마세요. 그냥 남들보다 조금 더 잘하는 것, 남들보다 조금 더 좋아하는 것, 그런 사소한 행복에 집중하는 것이 중요하다고 생각해요."라고 하면서 만화에 애정을 갖고 많이 그려 보라고(실행) 말했습니다.

『십대, 꿈과 함께 가라』에서 NHN 해피빈 재단 권혁일 대표는 "사회에 나가서 업계로부터 대접받는 사람은 결국 자신의 꿈을 실현하기 위해서 노력하는 사람이다. 그는 이른 사람을 선수라고 표현했다. 자신이 무엇을 해왔는지, 그 분야에 대해 무엇을 아는지, 또 어떤 생각을 가졌는지, 그리고 그 생각을 위해 어떻게 살아왔는지 말할 수 있는 사람, 인생의 목표가 단지 좋은 대학, 좋은 기업에 들어가는 것이 아니라 자신이 꿈꾸는 삶에 따라서 행동하는 사람, 그런 선수들이 성공한다."고 말했습니다. 자신이 꿈꾸는 삶을 따라 행동하는 사람이 선수가 되고 성공한다고 말했습니다.

정철의 『인생의 목적어』에 나오는 말입니다. "만리장성을 쌓은 법은 돌 하나를 올려놓는 것입니다. 시작입니다." 그렇습니다. "천 리 길도 한 걸음부터"라는 속담처럼 한 걸음을 내딛지 않으면 결코 천 리 길을 갈 수 없습니다. 앎을 삶으로 연결하는 통로는 실행입니다. 즐겁게 실행하는 것입니다. 앎도 즐거운 놀이 삼아 하고, 삶도 즐거운 놀이 삼아 하는 것입니다. 앎과 삶이 놂(놀이)이 될 때, 멀리 가고 오래갈 수 있는 것입니다. 앎과 삶, 놂은 별개 아니라 하나입니다. 앎과 삶과 놂은 한 그루의 사과나무에 속한 '잎·꽃·사과' 같은 존재입니다. 이 세 가지가 제대로 동시에 작동될 때 행복한 삶이 영위되는 것입니다.

잎

5월은 꽃보다 잎이다

5월엔 아카시아 한창이나

5월은 누가 뭐라 해도 꽃보다 잎이다

사춘기 소년의 턱에

송송 돋은 복숭아털이

꺼무숙숙 수염이 되어 가듯

잎은 5월에

연두에서 초록으로

거뭇거뭇 물이 밴다

앞산 뒷들로 먼 산으로

이리저리 두리번거려도

나뭇잎 풀잎으로 눈이 그득하다

눈이 새큼하게 천지가 푸르다

5월의 잎은 질림이 없다

잎을 보노라면 그렁그렁 침이 고인다

잎은 5월이 제격이다

잎은 5월의 철꽃이다

잎은 나무의 힘이다

그래서

잎이 그득한 5월을 청춘이라 하나 보다

젊은 청춘이 힘이다

나에게 5월은

누가 뭐라 해도 꽃보다 잎이다.

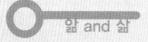
앎 and 삶

열정은 엔진입니다

열정이란 어떤 일에 열렬한 애정을 가지고 열중하는 마음입니다. 비슷한 말로 열성, 정열, 열심, 열렬, 열중 등이 있습니다. "열정은 자기가 정한 목표를 이루기 위해서 매사에 최선을 다하는 마음가짐이다. 그리고 어떤 일이든지 정말 뜨겁게 온 정성을 다해 노력하는 자세라고 할 수 있다."고 정병석 교수는 말했습니다. 정열은 가슴속에서 맹렬하게 일어나는 적극적인 감정입니다. 독일의 철학자 헤겔은 "위대한 것 중에 정열 없이 성취된 것은 하나도 없다."고 했습니다. 프랑스의 작가라 로슈푸코는 "사람은 그 마음속에 정열이 불타고 있을 때가 가장 행복하다. 정열이 식으면 퇴보하고 아무것도 이루지 못하게 된다."고 했습니다. 영국의 정치가 디즈레일리는 "인간이 참으로 위대한 것은 오로지 정열로 행동할 때뿐이다."라고 했습니다. 열정은 엔진입니다. 열정이 없는 꿈은 멈춘 엔진과 같습니다. 절실함은 열정을 만듭니다. 자신이 잘할 수 있는 분야를 찾아 그 일에 열정을 쏟아야 합니다.

무엇을 하려면 무엇이 되어야 합니다. 보통의 경우에 아픈 사람을 고치려면 의사가 되어야 합니다. 무엇이 되려면 할 수 있는 자격과 능력을 갖추어야 합니다. 의사가 되려면 의과대학을 졸업하고 의사 국가 고시에 합격하여 의사면허증을 획득해야 합니다. 교사가 되려면, 통상 적으로 교대, 사범대학이나 교육대학원을 졸업하고 교사자격증을 얻고 임용시험에 합격하여야 합니다. 무엇이 되려면 일정한 과정(경로)을 거쳐야 합니다. 경로를 거치면서 배워야 합니다. 공부해야 합니다. 대충 배우는 것이 아니라 전문성을 띨 정도로 배워야 합니다. 반드시 그런 것은 아니지만, 전문적으로 배우기 위해서는 전공을 해야 합니다. 그래서 이제는 '학교보다 학과'입니다. 자신이 잘하고 좋아하는 분야를 찾아 열정을 쏟아야 합니다.

'⋯⋯이 정도에 너무 지나치거나 모자라서 딱하거나 기막힌 것'을 한심(寒心. 찰 한, 마음 심)하다고 합니다. "이 한심한 놈아~" 할 때의 한심입니다. 열정이 없는 것이 한심입니다. 열심(熱心)의 반대말이 한심(寒心)이 되는 것입니다.

삶에서 '열심'은 매우 중요합니다. 그러나 잘못된 열심은 한심한 결과를 초래합니다. 맹목적(주관이나 원칙이 없이 덮어놓고 행동하는) 열심은 한심한 결과를 초래합니다. '열정과 열심'은 삶의 중요한 덕목이지만, 잘못 설정된 열정과 열심은 자타(나와 남)를 곤경에 빠뜨릴 수 있음을 또한 명심해야 합니다.

내 일(나의 일)이, 나를 내일(미래)로 이끕니다. 내가, 내가 가진 재능으로 나의 일에 열정적으로 노력을 다했을 때, 나는 천재가 될 수 있습니다. 열정이 천재를 만듭니다. 아무리 대단한 재능을 타고났다 해도 열정이 없다면 여러분의 천재성은 절대 발현(속에 있거나 숨은 것이 밖으로 나타나거나 그렇게 나타나게 함)되지 않습니다. 위대한 업적을 낳은 모든 천재들은, 단지 자신의 해당 분야에서 지독히 열심히 일한 사람들뿐임을 우리는 잘 알아야 합니다.

리면 애보트는 "인내는 길들여진 열정이다. 인내는 당신의 열정이 다른 시간을 희생하더라도 추진할 만한 가치가 있다고 판단할 때에만 가능하다. 즉, 인내한다는 것은 열정이 있다는 것이다. 길들여진 열정을 인내라고 부른다."고 말했습니다. 그렇습니다. 열정이 있다는 것은 어렵고 힘든 일이 닥치더라도 '참고 견디며 포기하지 않는 것'입니다. 그리고 될 때까지 '참고 견디며 실행하는 것'입니다. 강가의 두루미는 한 마리의 물고기를 잡아먹기 위해 종일 차가운 물속에 번갈아 발을 담그고 물고기의 움직임을 주시합니다. 종일토록 포기하지 않는 기다림과 집중이 두루미가 생존하는 가장 큰 비결입니다.

『폰더 씨의 실천하는 하루』에는 이런 말이 나옵니다. "오늘 나는 지혜를 찾아 나서겠다. 나의 과거는 결코 바꿀 수 없지만, 오늘 내 행동을 바꿈으로써 나의 미래를 바꿀 수 있다. 나는 오늘 당장 나의 행동을 바꾸겠다. ……행동 없이는 모든 결단도 소용없다. 사람들의 평가나 소문, 한가한 잡담을 두려워하지 마라. 실패를 두려워하지 마라. 실패란 실체 없는 허구 같은 것이다. 실패는 오로지 포기하는 사람에게 존재한다." 다음은 중국 명나라의 정치가 왕양명의 말입니다. "아는 것은 행함의 시작이요, 행함은 아는 것의 완성이다(知者行之始 行者知之成)." 모두 행함의 중요성을 강조한 말입니다. 또한 행하기(어떤 일을 실제로 해 나가다) 위해서 배운다고도 할 수 있습니다.

공부와 배움의 시작과 끝은 실행에 있습니다. 배움의 모든 것을 실행하기는 어렵겠지만, 그중에서 우선순위를 정해서 조금씩 조끔씩 꾸준히 실행하다 보면, 좋은 열매가 있을 것임을 확신합니다. 철강왕 카네기는 "바람이 불지 않을 때 바람개비를 돌리는 방법은 앞으로 달려

가는 것이다."라고 했습니다. "우물쭈물하다가 내 이렇게 될 줄 알았
어."라고 말하는 인생은 되지 말아야 하겠지요. 뭐든 꿈쩍하지 않으면
헛것이 됩니다. 뭐든 이루고자 한다면 꿈쩍이라도 해야 합니다. 꿈쩍도
하지 않은 꿈은 개꿈입니다.

미래는?

사회의 미래는
우리의 장래는
나의 꿈은
우리의 행복은
지금 나와 네가
열렬히 부르는
노래와 기도와 행위에,
조롱박처럼 대롱대롱
매달려 있습니다.

까치밥

옛날

우리 선조 님들은 팻거리 변변찮아도

늦가을이 되면

감나무 우듬지에 여남은 개의 홍시를 달았다

혹여나 배고픈 누가 따 먹을까 봐

'까치밥'이라고 이름표까지 붙였다

까치밥은 인정(人情)이었다

까치밥은 콩 한 쪽이었다

오늘날

후손들의 손주들은

오곡 풍성한 늦가을이 되었는데도

큰손님들이 몽땅 먹어 치워

내 밥은커녕 까치밥도 없어

연신 '집밥 집밥' 한다.

용기가 있는 곳에
희망이 있다

　자존감을 높이는 핵심은 성취감입니다. '자존감'은 자기 자신을 존중하고 사랑하는 감정을 말합니다. 자존감이 높은 사람은 매사에 긍정적으로 행동하고, 무엇이든지 열심히 노력하며, 다른 사람을 잘 배려합니다. 성취감의 경험이야말로 자존감을 향상시키는 데 있어서 매우 중요한 요인이라고 할 수 있습니다. 작은 성취가 자주 이루어질 때, 자신감은 더 높아지고 그 자신감이 자존감을 증폭시킵니다. 성취감, 자신감, 자존감은 하나의 꾸러미입니다.

　성취의 중심에 용기와 실행이 있습니다. 용기 있는 실행이 성공적인 성취를 호출합니다. 용기 있는 결행이 아름다운 행복을 호명합니다. 미국의 국민화가 그랜드마 모제스(Grandma Moses)는 "삶은 당신이 만드는 것이다. 이전에도 그랬고, 앞으로도 그럴 것이다."라고 말했습니다. 일상에서 하는 여러분의 생각과 여러분의 말, 여러분의 용기 있는 행위가 여러분의 지금과 장래의 삶과 행복을 결정합니다. 용기가 있을 때 노력도 가능합니다. "재능이 노력과 만날 때 천재가 된다."는 명제(제목. 글제)에서 전제(어떠한 사물이나 현상을 이루기 위하여 먼저 내세우는 것)

되는 것이, 바로 용기 있는 실행입니다.

용기란 '씩씩하고 굳센 기운 또는 사물을 겁내지 아니하는 기개'를 말합니다. 용기의 반대말은 겁 또는 비겁입니다. 로마의 역사가 타키투스는 "용기가 있는 곳에 희망이 있다.'고 했습니다. 미국의 만화영화 제작자 디즈니는 "우리에게 꿈을 추구할 용기만 있다면 모든 꿈은 이루어질 것이다."라고 말했습니다. 프랑스 속담에 "용기 있는 자는 단검으로 족하다."는 말이 있습니다. 용기만 있으면 무기나 수단이 문제가 아니라는 뜻입니다.

윈스턴 처칠도 "돈을 잃는 것은 적게 잃은 것이다. 그러나 명예를 잃은 것은 크게 잃은 것이다. 더더욱 용기를 잃는 것은 전부를 잃는 것이다."라고 하여 모두 용기의 중요성을 강조하였습니다. 나폴레옹 보나파르트는 "충분한 시간을 갖고 심사숙고하라. 그러나 행동해야 할 시기가 오면 생각을 멈추고 움직여라."라고 하여 신중한 생각과 그 생각에 따라 과감하게 행동하라고 주문하였습니다.

삶에서 생각과 뜻(목적과 목표)을 행동으로 옮길 수 있는 용기, 고난과 역경을 감내(어려움을 참고 버티어 이겨 냄. 견딤. 인내)할 수 있는 용기는 반드시 갖추어야 합니다. 스페인의 작가 발타자르 그라시안은 "지혜와 용기, 둘 중에서 하나가 없으면 완전한 행복은 불가능하다."고 하여 행복의 중요한 요소로 용기를 언급했습니다.

앎이 삶이 되려면 용기가 필요합니다. 결행에는 용기가 동반합니다. 용기의 밑바탕에는 '지식과 지혜'가 있어야 합니다. 그렇지 않으면 만용(분별없이 함부로 날뛰는 용맹)이 될 수 있습니다.

삶은 행위입니다. 우리는 그 사람의 생각(사상)과 행위를 보고 그 사람의 삶을 평가합니다. 앎(배움)에도 용기가 필요하고, 삶(행위)에도 용기가 필요합니다. 행위는 그 사람의 진정한 모습을 엿볼 수 있는 거울입니다. 비겁하지 않은 삶을 살려면 용기 있는 행동이 필요합니다.

박서원은 『생각하는 미친놈』에서 "열정은 누구나 다 갖고 있는 기본이고, 결국은 근성과 노력이 무엇보다 중요하다는 이야기다. 열정이 '무언가를 열심히, 잘하고자 하는 마음'이라면 노력은 '잘하고자 하는 마음을 현실화시키기 위한 과정'이라고 할 수 있다. 하지만 노력이 더해졌다고 해서 완전한 것은 또 아니다. 안타깝게도 현실이 그렇다. 필수조건은 근성, '어떤 시련에도 굴하지 않고 행위를 지속하고자 하는 자세'가 있어야만, 비로소 성공의 삼박자가 맞아떨어졌다고 할 수 있다."고 하여 시련과 맞서는 근성(기질), 곧 용기를 역설하였습니다. 독수리의 둥지는 대부분 절벽에 위치해 있습니다. 한 번도 날아본 적이 없는 다 자란 새끼 독수리는, 절벽 끝자락에 서서 용기를 내어 날아올라야 평생을 건강히 살아갈 수 있습니다.

모든 삶에는 '용기'가 요구됩니다. 내 삶을 비겁함으로 가득 채우진 말아야 하겠지요. 용기의 반대말은 '겁'입니다. 겁은 무서워하는 마음입니다. 겁은 두려워하는 마음입니다. 땅속에서 많이 생활하는 몽구스는 땅속에 있을 때가 가장 안전합니다. 그러나 먹이 사냥을 위해서는 포식자의 눈을 피해 굴 밖으로 나와야 합니다. 포식자가 두려워 굴 밖으로 나오는 용기가 없는 몽구스의 운명은 명확합니다. 이처럼 용기는 살기 위해, 죽음의 공포와 맞서는 것입니다. 용기는 절망을 이기고 희망을 갖게 하는 힘이 있습니다. 그래서 용기는 희망입니다.

내 안에

내 안이 컴컴한 동굴인데
어찌 타인의 얼굴을 비추랴

내 안에 불씨 하나 없는데
어찌 타인의 가슴에 불 지피랴

내 안에 별 하나 없는데
어찌 타인의 인생에 꿈 키우랴

내 안에 관심 한 조각 없는데
어찌 타인과의 삶에 사랑을 맺으랴

내가 밝아야 타인도 훤히 밝힌다.

돈사람

돈과 인간이 샅바를 잡았다
규칙은
삼세판에 삼판양승제다
첫판,
'아차' 하는 사이에
가을 밭 무 뽑듯 쑥 뽑아든
돈의 들배지기에
인간은 모래판에 나동그라졌다
두 판,
인간은 씩씩거리며
샅바처럼 마음을 다잡았다
온몸에 힘이 풋고추처럼 빳빳이 섰다
하지만
돈의 순간적인 뒷무릎치기에
오금이 접질려 스르르 주저앉고 말았다
감독이 귀엣말로 무 자르듯 말했다
'인마, 몸에 힘 빼고 중심 잡아'

막판,

인간이 몸에 힘을 빼고 손으로

돈의 앞무릎을 쳤다

돈의 중심을 무너뜨렸다

돈이 무릎을 꿇었다

인간은 그제야 알았다

쌈박한 승리는

'내 중심을 잡고 상대의 중심을 무너뜨리기'라는 것을.

앎이 삶으로 이어지는
유일한 통로를 찾자

이제 말을 맺고자 합니다. 자율, '남의 지배나 구속을 받지 아니하고 자기 스스로의 원칙에 따라 어떤 일을 하는 일'을 말합니다. 자발, '남이 시키거나 요청하지 아니하였는데도 자기 스스로 나아가 행함'을 말합니다. 나는 스스로 살아가고 있는가? '스스로'는 '자신의 힘으로, 남이 시키지 아니하였는데도 자기의 결심에 따라서'라는 뜻입니다.

앎도 삶도 높도 '즐거워'야 합니다. 그리고 앎도 삶도 높도 자율적이고, 자발적이고, 스스로 해야 합니다. 누구의 강요로 하는 것은 오래갈 수 없습니다. 강요로 하는 일은 지속 가능하기 어렵습니다. 공부를 잘하는 비결 단 한 가지는, '스스로 즐겁게' 하는 것입니다. 인생도 스스로 즐겁게 살아야 합니다. 누구의 강요로 하는 일이 잘되는 경우는 별로 없습니다. 인생을 스스로 살아갈 때 행복한 것입니다.

혼술, 혼밥, 혼방 등 혼자의 시대입니다. 다른 사람과 어울리거나 함께 있지 아니하고, 그 사람 한 명만 있는 상태가 혼자입니다. 인간은

앎이 삶으로 이어지는
유일한 통로를 찾자

사회적 동물이기에 반드시 "더불어 살아야!" 하는 것은 만고불변의 진리지만, 모든 행위를 더불어(둘 이상의 사람이 함께하다) 하기는 어렵습니다. '자율적으로, 자발적으로, 스스로, 혼자'가 우리를 자유롭고 행복한 삶으로 이끕니다. 앎이 삶으로 이어지는 유일한 통로는 '스스로 실행하는 것'입니다. 앎엔삶, '아멘' 하는 삶의 통로는 나를 제대로 알고, 세상을 제대로 알고, 하나님과 예수님을 제대로 알고, 미래와 직업세계를 제대로 알고, 그 앎을 스스로 즐겁게 실행하는 것입니다. 그 속에 자유와 행복이 있습니다. 그런 삶에, 저의 작은 생각 조각이 보탬이 되기를 간절히 소망합니다.